Livraisons à **10** centimes —— Séries à **50** centimes

ANGES ET DÉMONS

PAR

JULES BOULABERT

TRONC POUR LES PAUVRES

A. Michel

LES DEUX ROUTES

A. DEGORCE-CADOT, ÉDITEUR, 9, RUE DE VERNEUIL, PARIS

LECTURE ILL. N° 109.

ANGES ET DÉMONS

LES DEUX ROUTES

PREMIÈRE PARTIE

I

SUR LE CHEMIN DE LA PART-DIEU

Au moment où commence notre récit, c'est-à-dire quelques années avant la révolution de février, la Guillotière était moins élégante qu'aujourd'hui ; le quai, qui met cet ancien faubourg de Lyon en communication avec les Brotteaux, n'existait pas, et le Rhône, non encore encaissé, inondait trop souvent la plaine. La bohême flottante et mendiante de tous les pays se pressait dans ces rues étroites et sombres, à côté de la population laborieuse et sédentaire; et les citadins n'osaient guère s'y aventurer, surtout depuis qu'un employé de la Banque avait été arrêté et dévalisé en plein jour sur la route de Bechevelin.

Parmi les rares usines qui s'élevaient alors sur le chemin de la Part-Dieu, il en est une dont la plupart de nos lecteurs ont certainement gardé le souvenir. Nous voulons parler de celle que dirigeait M. Jacques Bonarel et dont les vastes ateliers abritaient d'ordinaire près de cinq cents ouvriers mécaniciens.

M. Bonarel, qui était né en 1784, ne paraissait guère avoir plus de cinquante ans. Il était considéré à juste titre comme l'un des plus riches industriels de la contrée. Tout le monde s'accordait à répéter qu'il avait su devenir millionaire tout en restant honnête homme et qu'il aimait ses ouvriers et ses employés comme un père eût aimé ses propres enfants.

Grand, robuste, mais sans embonpoint, il déployait une activité incessante, voyant tout, surveillant tout, se rendant compte ou se faisant rendre compte des moindres incidents survenus au moulage ou à la fonte, dans la fabrication ou dans les expéditions des chaudières, des roues dentées, des arbres de couche et des pièces de toute espèce dont l'exécution lui était confiée.

Dès l'abord, il apparaissait comme le type de ces lutteurs vaillants et intrépides qui, habitués à vivre dans le tourbillon des affaires, périssent d'ennui le jour où ils sont condamnés à l'inactivité. Avec des traits réguliers, une physionomie douce, intelligente, un sourire affable, il possédait un regard plein d'éclat, trahissant une grande force de volonté, doublée d'une grande fermeté de caractère.

La chronique affirmait que, comme beaucoup d'autres, il était venu du Dauphiné en sabots et l'escarcelle à peu près vide et qu'il ne devait sa fortune et sa position qu'à lui-même.

M. Bonarel était économe sans avarice, charitable sans ostentation, sévère pour lui-même et très indulgent pour les autres. S'il ne parlait que rarement de l'obscurité de sa naissance, il ne l'avait cependant pas complètement oubliée, comme tant d'autres parvenus, et accueillait avec sympathie tous ceux qui avaient un service à lui demander.

Marié depuis de longues années, il possédait une charmante fille de dix-neuf ans, et, si le commerçant se montrait l'ami et le protecteur de ses ouvriers, il était aussi le modèle des époux et des pères. Comment en eût-il été autrement ?

Mme Bonarel, excellente créature, se sentait heureuse et fière d'être la compagne d'un homme tel que son mari, et ne faisait rien pour cacher son bonheur.

Quant à Isabelle, elle était la joie et l'avenir de ses parents.

Mme Bonarel avait dix ans de moins que son mari. Elle était petite, vive, quasi pétulante, et paraissait très entendue dans tout ce qui concernait l'administration de sa maison et de son ménage

Son union avec M. Bonarel, à qui elle n'apportait aucune dot, avait été le résultat d'une inclination, et à voir, au bout de vingt ans, l'affection mutuelle des deux époux, on était tenté d'affirmer qu'ils s'aimaient encore autant que le jour de leur mariage.

Mme Bonarel restait étrangère aux affaires de l'usine, car son mari ne la consultait point. Mais, sachant combien leur fortune avait été laborieusement et honorablement gagnée, elle professait une sorte de culte, mêlé de tendresse, pour son mari, qu'elle considérait comme un homme supérieur.

Nous n'entreprendrons pas de faire le portrait en pied de Mlle Bonarel, cela pour deux raisons : la première c'est que cette tâche nous semble bien au-dessus de nos forces. Pour la remplir, il faudrait le pinceau de Cabanel ou la plume de Théophile Gautier. D'autre part, nous avons remarqué que tous les portraits de jeune fille tracés dans les romans, sauf la variation du blond au brun, se ressemblent, à moins qu'ils ne soient le résultat de violents efforts d'imagination et ne représentent alors des femmes de fantaisie qui, généralement, nous séduiraient peu s'il nous était donné de les contempler en chair et en os.

Isabelle avait donc dix-huit ans et, selon l'expression de M. Arsène Houssaye, « la jeunesse versait sur son front à pleines mains les fleurs du printemps. » Un peintre l'eût prise pour son modèle, un poète l'eût choisie pour sa muse.

A peine sortie d'un « pensionnat à la mode », elle ne connaissait rien de la vie et ignorait le monde. Le seul roman qu'elle eût parcouru était cette charmante idylle de *Paul et Virginie*, le chef-d'œuvre de Bernardin de Saint-Pierre. Peut-être nos lecteurs trouveront-ils que c'était déjà trop ; car il n'est pas toujours bon pour une jeune imagination de se repaître d'aussi tendres rêveries.

L'épreuve avait été sans dangers pour Mlle Bonarel.

Si son cœur était bon et ouvert à tous les sentiments généreux, son âme était chaste comme celle d'un enfant, et cette pureté angélique se lisait en toutes lettres dans l'innocence de son regard limpide et étonné.

Heureux l'homme qui, pour la première fois, ferait battre ce jeune cœur !

Lâche et misérable celui qui, n'écoutant qu'une ardeur aveugle et de mauvais instincts, essaierait de flétrir cette âme candide et de tromper ce cœur inexpérimenté, pour lui faire partager une passion dévorante.

Telle était la famille Bonarel ; le moment approchait où un grand changement devait s'opérer dans l'existence des trois personnes qui la composaient et troubler cet intérieur, dont rien n'avait encore altéré l'heureuse et paisible harmonie.

II

UNE LETTRE

Un matin du mois d'août, vers sept heures, M. Bonarel était assis devant son bureau, dans son cabinet de travail, soucieux contre son ordinaire ; il tenait à la main une lettre ouverte.

Cette lettre lui avait été adressée par son frère, M. Horace Bonarel. La voici :

« Mon cher frère,

« C'est étendu sur mon lit de douleur et de mort, que je dicte ces quelques lignes ; car je n'ai plus ni la force ni le courage d'écrire moi-même.

« Tout est bien terminé...

« Le médecin m'a condamné, et je comprends que je n'ai plus aucun espoir à conserver. A ce moment suprême, et sur le point de rendre mon âme à Dieu, j'ai enfin compris que ma vie entière n'avait été qu'une longue faute, et combien j'avais été coupable envers toi. Après avoir fait, autant que je puis le croire, la paix avec le maître de toutes choses, j'ai pensé que mon tardif repentir ne serait méritoire que si je mourais complètement réconcilié avec toi.

« Tu es la générosité même, je compte donc sur ton bon cœur pour me pardonner tous les torts que j'ai eus envers toi, et le mal qui a pu en résulter.

« Fermeras-tu l'oreille à la prière d'un mourant ? Non, je ne puis le croire.

« Par ma faute, — car je n'ai jamais été qu'un dissipateur, quelque chose de pis encore, peut-être, — je meurs pauvre en laissant mon fils et ma fille dans la plus affreuse misère. Ils vont être orphelins. Sois leur bienfaiteur et leur appui.

« Je t'embrasse pour la dernière fois et du fond du cœur, après vingt ans d'inimitié et de mésintelligence. Adieu !...

« Ton frère,

« Horace Bonarel. »

Si le mécanicien était devenu sombre en lisant ces lignes, ce n'était point qu'il éprouvât la moindre hésitation à se charger des deux orphelins, son excellente nature était au-dessus des mesquins calculs d'intérêt. Quoique ne manquant pas de motifs sérieux pour se plaindre de son frère, il déplorait sincèrement sa mort et s'en affligeait aussi douloureusement que s'il n'eût eu qu'à se louer de lui.

Horace Bonarel, disons-le tout de suite, afin de ne plus y revenir, était plus jeune que Jacques de quelques années. Sa mort, à un âge encore peu avancé, n'était que le triste résultat d'une vie de désordres et d'excès.

Avide, envieux, prodigue et ambitieux, il avait été d'abord l'associé de son frère; mais il avait quitté ce dernier quand celui-ci, par de bons conseils et de sages représentations, avait voulu le faire renoncer à une existence aussi ruineuse que peu honorable, et l'empêcher de s'engager dans une mauvaise voie ne pouvant que le conduire à sa perte.

En quittant son frère, Horace le rendit d'abord victime d'un détournement important d'argent.

Plus tard, le malheureux, irrité sans doute de tant de magnanimité et jaloux de la prospérité de son frère, s'associa avec des industriels d'une moralité aussi véreuse que la sienne, et chercha, par une concurrence aussi acharnée que déloyale, à ruiner l'homme qui n'avait eu qu'un tort: celui d'être trop bon pour lui.

Pour soutenir cette concurrence, peu fructueuse du reste, il s'était lancé dans une série d'affaires plus hasardées les unes que les autres, et avait fait des emprunts relativement beaucoup trop importants, eu égard à ses ressources. Ses créanciers, outrés de la façon dont il avait opéré dans ses différentes négociations, l'accusèrent hautement.

Il allait être poursuivi et sans doute emprisonné pour banqueroute frauduleuse, quand son frère, qui continuait à prospérer en dépit de tout, vint encore à son aide et le sauva...

Depuis lors, M. Bonarel n'avait reçu aucune nouvelle de celui qu'il avait tiré de l'abîme, et sur lequel il versait maintenant des larmes.

Il donna d'abord un libre cours à sa douleur; puis, se rappelant la mission sacrée que lui confiait le mourant, il se demandait ce qu'il allait faire des deux orphelins.

Il ne les avait jamais vus, Horace l'ayant toujours privé du plaisir de voir et d'embrasser son neveu et sa nièce.

Il se demanda même un instant si ces deux enfants n'avaient pas été élevés dans des sentiments de haine à son égard. Puis soudain il appela un domestique.

— Priez madame de venir! dit-il d'une voix altérée.

Le laquais sortit.

Madame Bonarel ne tarda pas à se rendre à l'invitation de son mari, qu'elle trouva fort ému.

M. Bonarel communiqua d'abord à sa femme la lettre qu'il venait de recevoir.

— Voici ce que j'ai à te proposer, dit-il ensuite; nous sommes riches et n'avons que notre fille pour héritière, je vais faire venir mon neveu et ma nièce ici. J'établirai l'une et je m'associerai l'autre, s'il répond aux bontés que nous aurons pour lui. Mais, d'autre part, je ne veux pas être injuste et tiens à faire autant pour tes parents que pour les miens. Il te reste un neveu, comme Hector, orphelin et sans fortune; je vais également le faire venir, les deux jeunes gens seront traités de la même façon. Le jour où il faudra songer à marier Isabelle, si celle-ci ne fait aucun obstacle sérieux à l'accomplissement de mes désirs, je ferai en sorte d'accorder sa main à celui de nos neveux qui aura su la mieux mériter.

Ce que proposait M. Bonarel était parfaitement raisonnable, et trahissait tout aussi bien la bonté de son cœur que l'intégrité de son caractère.

Sa femme qui, du reste, n'avait jamais formulé la moindre opposition au plus léger des désirs de son mari, ne put qu'approuver ce programme. Elle le remercia sincèrement de ce qu'il voulait bien faire pour son neveu.

— C'est donc convenu, reprit l'industriel; notre ligne de conduite est toute tracée et facile à suivre. Nos jeunes gens ont, d'une façon ou de l'autre, leur bonheur et leur avenir entre les mains. Nous ne les connaissons pas, laissons-les agir un peu à leur tête, de façon à surprendre leurs caractères et leurs aptitudes; surtout, cachons à tout le monde nos projets, afin d'éviter quelque indiscrétion, qui pourrait faire naître une rivalité et une mésintelligence préjudiciables à l'avenir ou aux intérêts de l'usine.

Le jour même, M. Bonarel écrivit à ses neveux et nièce, afin de leur communiquer ses intentions à leur égard. Il les engageait chaudement à venir à Lyon le plus tôt possible.

Le neveu de Mme Bonarel, Ernest Verbois, comprenant les avantages qu'il pourrait retirer de la généreuse et riche protection de son oncle, n'attendit pas une seconde lettre et quitta aussitôt Montauban, où il menait une assez pauvre existence, comme on le verra bientôt.

Il arriva le premier à Lyon et fut enchanté de la réception qu'on lui fit.

Hector et sa sœur, qui, avant de se mettre en route, avaient été forcés de prolonger leur séjour à Genève, afin de conduire le corps de leur père à sa dernière demeure, n'arrivèrent chez leur oncle que quinze jours après André Verbois.

Ils étaient tous deux en grand deuil et très simplement vêtus. En les voyant arriver, Ernest ignorant qu'ils avaient reçu une invitation semblable à la sienne, ne se montra que surpris de la venue d'un cousin et d'une cousine dont il ignorait à peu près l'existence. Bientôt cette surprise se changea en amère jalousie, quand il apprit que les deux nouveaux venus devaient partager avec lui les bontés de la famille de l'oncle millionnaire.

III

LE PÈRE ET LE FILS

Avant de continuer notre récit, jetons un regard en arrière et voyons ce que, tant à Montauban qu'à Genève, avaient été Ernest Verbois et Hector Bonarel, les deux jeunes gens appelés désormais à une existence presque commune.

Quant à la sœur d'Hector, disons tout de suite que c'était une belle et grande jeune fille de vingt ans, bien douée.

Sa cousine Isabelle devait la juger à première vue, ne point se tromper dans son jugement. C'est ce qui arriva. En quelques instants, les deux jeunes filles se promirent de s'aimer d'une de ces affections qui durent toute la vie.

Occupons-nous d'abord d'Ernest Verbois.

Vers 1840, M. Théophile Verbois, le frère de Mme Bonarel, était professeur de rhétorique au collège de Montauban. Une assez pauvre place pour celui qui l'exerçait ; car les appointements étaient très faibles, les élèves étant peu nombreux : ils étaient quatre.

Il avait même été plusieurs fois question de supprimer à la fois la classe et l'emploi de professeur de rhétorique, mais les règlements s'y opposaient formellement, et force était aux quatre élèves et à leur professeur de faire de la rhétorique de compagnie.

Quoi qu'il en fût et malgré l'exiguïté de ses émoluments, c'était un savant que ce M. Verbois.

Entièrement absorbé par la science, ses études et une traduction des œuvres d'Homère, à laquelle il travaillait depuis dix ans, il se souvenait fort peu d'une épouse, qu'il avait tendrement aimée pourtant, dont il était veuf depuis dix ans. Il ne s'occupait pas davantage de son fils, un grand garçon dedix-huitans, qui était loin delui ressembler.

M. Verbois aimait bien certainement son fils, mais l'indifférence avec laquelle il se conduisait à son égard, le peu de soin qu'il apportait à s'occuper de son instruction et de son caractère devaient nécessairement faciliter le développement des mauvais instincts du jeune homme qui, ayant perdu sa mère de bonne heure, n'avait jamais pu profiter des conseils de cet ange gardien, que Dieu a mis auprès de nous pour diriger nos premiers pas dans la vie.

Ernest sortait de l'enfance lorsqu'il fit cette perte douloureuse. Il était si joli, si sémillant, si rieur, qu'on ne s'apercevait pas de ses défauts ; cependant, il en avait déjà. Défauts en germe, il est vrai ; mais, avant peu, ce germe devait prendre de précoces et terribles développements.

Ernest était paresseux ; et, quoique sa mère eût tenté de combattre ce penchant, elle avait échoué. Douce et bonne institutrice, elle n'était pas parvenue à faire comprendre à son fils tout le prix des bienfaits de l'instruction. A douze ans, Ernest, le fils d'un savant, savait à peine lire, n'écrivait point et n'avait aucune notion de calcul.

Quant à M. Verbois, il ne s'était jusqu'alors occupé de son fils que pour l'embrasser et le *gâter* outre mesure. Mauvais service à rendre à un enfant, déjà fatalement disposé à abuser des moindres faiblesses de ses parents.

Que de légères imperfections en apparence, que de petits défauts non surveillés, non réprimandés à temps, se développent, deviennent de véritables vices et rendent à jamais malheureux ceux qui en sont affligés, ainsi que les personnes qui les entourent !

Après avoir perdu sa femme, M. Verbois trouva son fils assez âgé pour le mettre au collège et il apprit bientôt, par son collègue professeur de son fils — révélation qui lui parut étrange, tant il s'y attendait peu — qu'Ernest était fort peu avancé pour son âge.

— Il est intelligent et saura bien regagner le temps perdu, se dit le père, qui, toujours absorbé par son travail, oubliait son fils.

Ernest fut bientôt mis par ses condisciples au rang des paresseux.

Il était toujours le dernier dans toutes les compositions, qu'il fût question d'histoire ou d'arithmétique, de latin ou de français.

Dégoûté du collège, de ses professeurs, de ses camarades et de ses études, Ernest commença à ne plus suivre les cours régulièrement et fit ses délices de l'*école buissonnière*, en choisissant, pour compagnons de ses parties *intra* ou *extra muros*, les plus mauvais sujets de la localité.

Ce petit garnement de quatorze ans, fut bientôt un sujet de scandale et de mauvais exemple pour les élèves du collège, et le directeur crut devoir adresser des observations au père du délinquant.

M. Verbois crut remédier au mal en faisant entrer son fils comme interne au collège.

Il était trop tard. Ernest, par une belle nuit, s'enfuit de cet établissement, en entraînant deux camarades avec lui.

Ils furent pris par la gendarmerie, qui les ramena à leurs parents.

Cette fois, le savant fut inflexible et plaça son fils en apprentissage.

Ernest n'était pas plus apte à se livrer à un travail manuel qu'à poursuivre des études dans un collège. Sa paresse lui enlevait toute espèce d'assiduité. Il déserta l'atelier, comme il avait déserté la classe, et, plus que jamais, il rechercha la société de ceux qui ne pouvaient que le perdre.

Quand il atteignit sa seizième année, il était grand, fort, bien découplé, et eût pu faire un élégant hussard ou un beau lancier. Tout étranger lui eût donné quatre ou cinq ans de plus que son âge réel.

Il profita de cette précocité physique pour se lier avec des gens plus âgés que lui, déjà tarés dans l'opinion publique.

Le jeu a, de tout temps, été la passion des peuples méridionaux. Les Espagnols, les Arabes sont joueurs à l'excès; et, dans tout le midi de la France, quoi que fasse l'autorité pour combattre cette passion, il existe des maisons de jeu où le riche vient perdre sa fortune, et le pauvre exposer son salaire de la semaine.

Ce fut ces maisans de jeu qu'Ernest se mit à fréquenter, afin de demander au hasard l'argent qu'il n'avait pas le courage de gagner.

Quand il toucha une carte pour la première fois, il ne savait pas que la vie du joueur est plus terrible que celle du plus misérable des ouvriers. Celle du condamné, essayant continuellement de briser ses fers, peut seule lui être comparée.

Ernest ne fut pas longtemps sans s'apercevoir qu'au jeu la fortune est capricieuse et changeante. Comme presque toujours, il gagna d'abord. Ses bénéfices ne lui firent aucun profit sérieux, il les gaspilla en folles dépenses avec les compagnons ordinaires de ses débauches. Quand il perdit, ce qui ne tarda pas à arriver, ce fut tout différent, son dénûment devint complet, sa misère profonde; il fut très heureux de pouvoir recourir à son père, et lui demander un asile et du pain pour quelques jours.

— Comment! vous ici, Ernest! dit sévèrement M. Verbois à son fils.

Cet accueil interdit Ernest. Mais revenant à lui, il se hâta de répondre avec aplomb :

— Dans la piteuse position où je me trouve, j'ai oublié votre colère, mon père. Je suis en ce moment sans travail. Le *patron* qui m'employait a fait de mauvaises affaires.

M. Verbois regarda son fils avec amertume. Sous ce regard, Ernest baissa la tête avec une contrition affectée. Puis, il ajouta :

— L'hospitalité que je vous demande sera limitée au délai qu'il me faut pour trouver un autre emploi.

M. Verbois, ignorant la vie que menait son fils, se laissa attendrir.

Ernest, dont l'esprit était oisif, s'ennuya en compagnie des livres. Pour se distraire, il sortit.

Il revit ses compagnons de jeu qui l'exhortèrent à revenir prendre place parmi eux.

— Je n'ai pas d'argent, dit Ernest.

— Comment? dit l'un de ces hardis débauchés, ton père ne t'en donne pas? C'est fâcheux, je voulais te proposer une bonne affaire.

Ernest regarda son interlocuteur avec curiosité.

— Voilà, reprit le garnement, si tu avais cent francs, je t'indiquerais le moyen qui peut vaincre la fortune qui te tient en rigueur.

L'œil d'Ernest brilla, pendant que son front s'assombrissait.

— Et, avec cette somme-là, dit-il, après quelques secondes de réflexion, tu me garantis du gain ?

— Oui.

— Et bien, alors, à demain!

Ernest rentra. Son père était absent.

— Quelle chance ! mumura-t-il.

Il monta à la chambre de M. Verbois, ouvrit le secrétaire, prit la somme demandée, referma le meuble et descendit.

Le lendemain, il était un des premiers au rendez-vous.

Ses *amis* — surtout celui qui lui avait indirectement conseillé « de prendre les cent francs où ils étaient » — lui apprirent, séance tenante, à se servir des moyens qui devaient fixer la fortune.

Après plusieurs essais repétés avec succès, Ernest fut jugé assez fort pour opérer en public. Alors ses compagnons décidèrent que, dès le soir même, il ferait sa première expérience.

A dix heures du soir, ils se rendirent au club de la *Dame de Pique* : nom donné à la réunion des joueurs qu'ils se proposaient d'exploiter.

Ce club est une sorte de cave où le jour n'entre pas. Au milieu de la salle, aux parois sombres, au plafond noirci par les becs de lampes enfumées, autour d'une table oblongue, se pressent des hommes aux vêtements sordides, aux traits durs, vigoureusement accentués.

Ces hommes n'échangent pas une parole entre eux; parfois un geste de colère ou un juron échappe à l'un d'eux. C'est tout. La carte tourne au milieu d'un silence profond. Le silence n'est rompu que lorsque les enjeux se complètent.

Quelques joueurs, pour se consoler d'un échec imprévu, boivent dans un coin des liqueurs frelatées. Ceux qui sont pères de famille, l'œil morne, se demandent comment ils rentreront chez eux. Ceux qui se sont déjà endettés pour jouer s'évertuent à s'endetter davantage, essayant de regagner ce qu'ils ont perdu.

Les uns ont à la bouche la pipe, depuis longtemps éteinte, tant leur attention est captivée par la toile cirée qui recouvre la table. D'autres, dont le sang brûle les veines, dont le désespoir affole le cerveau, tournent et retournent leur poignard catalan dans leur poche, impatients de le mettre à la main.

Les lampes n'éclairent que les joueurs et les cartes. Le reste est plongé dans une demi-obscurité.

Dans cette pénombre, on prendrait volontiers tous ces hommes pour une réunion de démons, complotant la perte du genre humain.

A la porte entre-bâillé de la maison, comme à celle d'un mauvais lieu, et cachée dans l'ombre, veille une vieille femme, faisant le guet avec des allures de sorcière.

Tel est le bouge où la paresse avait, à dix-huit ans, conduit Ernest Verbois.

Les joueurs, en apercevant Ernest, se dirent que, puisqu'il revenait tenter les chances du jeu, il avait de l'argent. Dès lors, il fut le bienvenu. Il fut acclamé par tout ce que Montauban renferme de vil et de méprisable, par tout ce qui rêve argent sans travail. Ernest, avec son visage plein de distinction, ressemblait à un archange tombant au milieu de la cour de Satan.

Son tour vint de tenir les cartes. Jusqu'alors, il s'était contenté de parier, et il avait perdu.

Maintenant, il se demandait si, pour gagner, il devait tromper ? Il hésita un instant ; mais la pensée qu'il fallait remettre dans le secrétaire de M. Verbois cet argent qu'il n'avait plus, leva le scrupule de sa conscience.

Il se mit à table en proie à une surexcitation nerveuse. On savait au *Club de la dame de Pique* que Verbois n'était pas heureux au jeu ; les parieurs se mirent du côté de son adversaire.

En battant les cartes, Ernest était certainement ému, mais son émotion laissait ses mouvements libres.

Au premier tour, il fit sauter la coupe, gagna trois points sur son adversaire qui, à cette partie, ne prit pas un point.

. . . .

Mais laissons Ernest et revenons à son père.

Le professeur n'était pas riche ; cependant il n'avait jamais rien demandé à sa sœur, madame Bonarel.

Voici pourquoi :

Madame Bonarel, alors mademoiselle Verbois, avait refusé de se marier avec un professeur du lycée de Bordeaux que lui présentait son frère, pour épouser M. Bonarel, qui était contremaître dans une usine.

Bien que gagnant peu, M. Verbois avait en économisant, réussi à mettre de côté quelques milliers de francs qu'il destinait à la publication de sa *Traduction des Œuvres d'Homère*.

En 1840, la traduction touchait à sa fin, et il pensait pouvoir réaliser son rêve, quand l'idée lui vint de savoir au juste ce qu'il possédait.

Après le repas du soir, il monta à sa chambre et ouvrit son secrétaire.

D'abord il ne s'aperçut pas de la disparition de cent francs ; il ne la constata qu'en ouvrant un petit livre de comptes, où se trouvaient inscrites les sommes que jour par jour il mettait de côté.

Alors il laissa tomber sa tête dans ses mains, rejetant avec terreur le soupçon qui s'emparait de lui. Son fils était paresseux, mais non voleur! Cependant, lui seul connaissait l'endroit où était déposée la clef du secrétaire.

Après avoir accueilli et repoussé tour à tour l'idée que son fils avait pu lui dérober cette somme, il monta chez Ernest, qu'il ne trouva pas. Il descendit dans la rue, elle était déserte. Il était dix heures; les cafés et les tavernes n'étaient pas fermés ; les portes entre-bâillées et les rideaux à demi soulevés lui permirent de s'assurer qu'Ernest ne se trouvait dans aucun de ces établissements.

Comme il longeait un petit square, il rencontra un de ses amis, qui lui demanda où il allait si tard?

— Où je vais? Je n'en sais rien.

Et comme l'ami paraissait surpris de cette réponse, M. Verbois ajouta :

— Je cherche mon fils ; aidez-moi à le trouver.

M. Verbois était calme, mais l'altération de sa voix trahissait une agitation intérieure.

— Votre fils! mais il n'est pas perdu!

— Je ne pense pas, mais j'ai besoin de lui.

— Où croyez-vous qu'il soit?

— Je n'en sais rien.

— Il est dix heures et quart, dit l'ami ; Ernest n'est pas dans un des cafés de la rue B... ; c'est bien! venez, je sais où nous le trouverons.

L'opinion que l'ami de M. Verbois avait d'Ernest lui désignait naturellement le club de la *Dame de Pique* comme la retraite du jeune joueur.

— Qu'est-ce que vous dites? reprit M. Verbois.

— Venez, répondit simplement l'ami.

Ils partirent.

Ernest, enhardi par de premiers succès, avait continué à *tricher*. Il avait un monceau d'or devant lui, environ mille francs. La galerie ne jouait plus.

M. Bonarel ne devait sa fortune qu'à lui-même (page 3).

Ernest tenait seul la partie contre le maître de la maison, qui prétendait que la chance finirait par lâcher son adversaire.

Après avoir d'abord limité l'enjeu à vingt francs, on jouait alors cent francs en cinq points d'écarté.

La réunion avait en ce moment quelque chose de sinistre. La colère se lisait sur tous les visages.

L'homme contre lequel jouait Ernest était furieux de perdre, mais il se contenait. Tous les amis d'Ernest pressentaient l'orage qui allait éclater; ils faisaient des signes au jeune homme pour l'engager à jouer franchement et le prévenir qu'on l'observait.

A ce moment, M. Verbois et son ami entraient dans le bouge, sans être vus.

Ernest ne comprit pas ou ne voulut pas comprendre les signaux de ses amis. Grisé par le gain, il n'était plus maître de lui.

L'élève avait surpassé ses maîtres.

M. Verbois se glissa derrière la chaise de son fils et regardait; il croyait rêver.

Ce monceau d'or, à qui était-il? Quels étaient ces hommes à figures de bandits?

Il allait bientôt le savoir.

Tout à coup l'un des perdants s'écria:

— Ah! je t'y prends!

Aussitôt vingt bras se tendirent, les poings fermés vers Ernest. Dix mains se posèrent sur ses épaules. L'homme contre lequel Ernest jouait se dressa et soudain montra un poignard.

La table seule séparait les deux joueurs.

— Messieurs, dit M. Verbois, vous avez raison contre mon fils.

Les bras restèrent tendus, les yeux fixes, les bouches béantes, tant la stupéfaction était grande.

Ernest recula jusqu'au mur, terrifié. Instinctivement, ses compagnons le suivirent. L'apparition du vénérable M. Verbois avait suffi pour disperser cette légion de démons.

La table était déserte.

L'or y brillait d'un éclat fauve et sinistre.

Le saisissement passé, les grognements sourds recommencèrent. Insensiblement la bande se rapprocha de la table. Alors M. Verbois dit à Ernest :

— Rendez l'argent qu'on vous réclame.

Le jeune homme fit un haut-le-corps.

— M'avez-vous entendu? reprit M. Verbois.

— Il a perdu son aplomb ! dit un joueur.

— Il en avait moins qu'il n'en faisait voir, dit un second.

— Bah ! ces freluquets, ça vous prend des airs qui en feraient accroire au plus brave, dit un troisième.

Et tous les joueurs de renchérir sur leurs compagnons. Ces sarcasmes rendirent Ernest à lui-même.

— Que me voulez-vous tous? dit-il en s'avançant. Ne dirait-on pas que la fraude vous est inconnue, tas de chenapans, que les moyens dont j'ai usé vous sont étrangers? Paix s'il vous plait ! Trêve à vos railleries! Vous me reprochez ce que vous regrettez de n'avoir su faire, car vous êtes tous des misérables, à commencer par moi le premier! Tenez, le voilà, ce gain que vous convoitez !

Et, avec un geste de dégoût, il jeta les mille francs sur la table de jeu.

— Ta colère ne nous effraie pas, dit le maître du club. Tu es un voleur, voilà quatre heures que tu nous gruges. La patience a des bornes, tu comprends! L'or que tu nous abandonnes pour t'absoudre n'est pas suffisant, une indemnité est nécessaire. Et puis, tu as ta petite note de l'an passé que tu vas avoir la bonté d'acquitter, sinon, gare à toi!

— Du crédit chez toi, dit Ernest indigné, tu te moques, Balthazar, je ne te dois rien.

Mon père, ajouta-t-il, en fléchissant le genou, je suis à vos ordres.

— Aux miens d'abord, dit Balthazar, en brandissant un poignard.

— A tes ordres, répliqua Ernest, en toisant Balthazar. Aux ordres d'un coquin comme toi, allons donc!

Balthazar abaissa le poignard; M. Verbois arrêta sa main.

— De quelle somme mon fils est-il votre débiteur?

— Je vais vous montrer son compte, dit Balthazar.

Il alla chercher un livre qu'il ouvrit à une page marquée d'avance et le mit sous les yeux de M. Verbois.

— Mon père, s'écria Ernest, je vous en prie...

M. Verbois lança un regard foudroyant à son fils.

— Vous ne comprenez pas que, si j'entre en négociation *avec les vôtres*, c'est pour m'épargner la honte de voir traîner mon nom sur les bancs de la police correctionnelle.

Ernest, anéanti, baissa la tête.

— Huit mille francs, dit M. Verbois avec calme, c'est bien. Demain, cette somme vous sera remise.

— Mais je ne la dois pas, exclama Ernest. Comment! coquin, tu oses... Mon père, partez; laissez-moi me débrouiller avec cet homme qui exploite votre bonne foi et votre honnêteté. De grâce, partez, vous vous souillez ici. Savez-vous que vous êtes au milieu d'un tas de bandits, de coquins!..

Un tumulte effroyable suivit ces paroles.

— Ah! je ne vous crains pas, ajouta Ernest. Avant de me frapper, vous y regarderez à deux fois. Mon père, m'avez-vous entendu?

M. Verbois ne répondit pas. Son attention était portée sur l'ignoble registre étalé devant lui. Enfin, il ferma le livre, réitéra sa promesse à Balthazar, et, indiquant du geste la porte à son fils, il sortit avec lui.

Une fois arrivé, Ernest voulut se retirer dans sa chambre, mais M. Verbois lui dit :

— Suivez-moi.

Ernest obéit.

Le père ouvrit la porte de son cabinet, entra le premier, et, lorsque son fils l'eut suivi, il referma la porte à double tour.

Ernest s'adossa au mur.

M. Verbois alluma la bougie, ferma la fenêtre, tira les rideaux, s'assit dans son fauteuil de cuir vert et demeura pensif.

Au bout d'un instant, il dit à Ernest :

— Après ce qui vient de se passer, toute récrimination est inutile. Vous êtes perdu, il n'y a plus rien à faire.

— Mon père! mon père ! dit Ernest éperdu.

— Ne prononcez plus ces mots qui m'ont tant ému et qui, voilà quelques jours à peine, m'ont si malheureusement attendri; vous vous en souvenez. J'ai cru à vos fables, parce que j'avais foi en votre repentir. C'est là tout mon tort. Vous êtes perdu; mais je le suis avec vous. Vous avez détruit les espérances d'un travail de trente ans. Mes économies paieront votre débauche. Cela ne serait rien, si vous aviez conservé votre honneur. Je trouverais dans mon cœur la force de vous absoudre. Mais vous avez tout pris, tout pillé, tout ruiné. Il ne reste à mon désespoir d'autre refuge que la mort. Eh bien! voilà le résultat de votre paresse. Vous pouvez rester, ou vous en aller, peu m'importe! Quand on n'a plus d'honneur, on n'a plus de fils.

M. Verbois se leva et congédia Ernest.

Resté seul, il s'assit lourdement dans son fauteuil, croisa ses bras et regarda sa traduction :

— Aurai-je le courage? murmura-t-il.

Il redevint pensif, puis il ajouta :

— Pas de faiblesse! Tout est fini. Je n'ai plus ni joie ni ambition.

Puis il prit son œuvre, la contempla pendant quelques secondes, l'embrassa pieusement et la jeta au feu.

Il essuya son front inondé d'une sueur glacée et considéra douloureusement les pages rongées par le feu.

Lorsqu'elles furent réduites en cendres, il murmura :

— Adieu. . . . .

. . . .

Mais il ne survécut pas à cet acte de courage. Quinze jours après son accomplissement, le vieillard mourait.

IV

AU PIED DES ALPES

En 1835, à quelques kilomètres de Genève, une famille, composée du père et de deux enfants, — un garçon et une fille, — habitait une modeste maison, au premier gradin de la montagne, près de la grande route.

L'endroit était sauvage d'aspect.

Les rochers grisâtres et la teinte foncée des pins *endeuillaient* la gorge verte de la montagne. Cependant, l'azur d'un ciel voilé tempérait l'énergie puissante de cette nature qui ne parlait d'abord qu'à la force.

Le chef de cette famille, veuf depuis six ans, était un homme de cinquante ans environ, grand, robuste, aux traits énergiques. Sa physionomie frappait dès l'abord, ses yeux brillaient d'un feu sombre.

Cet homme, avec son large front, son profil d'aigle et sa barbe noire, légèrement argentée, avait dû être beau. Ses allures contrastaient avec sa condition. La blancheur de ses mains aux doigts effilés faisait ressortir la sordidité de son habit râpé. Il parlait rarement, ne sortait que pour aller songer au bord d'un torrent, dont les imprécations le faisaient sourire.

Son attitude étrange, son genre de vie, le mettaient au rang de ces originaux qu'on classe à part. Il se mettait en dehors de toutes les lois; il vivait de contrebande.

Ses enfants l'approchaient rarement et ne lui parlaient qu'en tremblant. Si parfois la calèche d'un grand et la voiture d'un bourgeois passaient au galop sur la route, ses yeux lançaient des éclairs; il montrait le poing au ciel, qu'il accusait de son infortune. L'envie rongeait cet homme, qui ne pouvait supporter que la présence de ceux qui étaient, comme lui, misérables.

Cet homme, qui était venu cacher sa haine et sa misère aux portes de Genève, était M. Horace Bonarel, le frère de M. Bonarel, le millionnaire de Lyon. En voulant, par la concurrence, ruiner son frère, Horace s'était ruiné.

— Ah! disait-il avec rage, avoir été quelque chose, et aujourd'hui n'être plus rien! Tous les soirs se demander s'il y aura du pain pour le lendemain! Misérable existence! Monde infâme! Habiter une baraque à peine close! Après avoir foulé les tapis d'un hôtel des Champs-Élysées! Malédiction!

Ainsi, au lieu de faire appel à son courage, à son intelligence pour se refaire une position, Horace passait sa vie à redemander le passé au présent.

Un soir, en soupant, son fils, âgé de quinze ans, se hasarda à lui dire, avec une ignorance ingénue :

— Est-ce qu'il n'y a pas d'autres métiers que celui que je fais, mon père?

Marie, étonnée de tant d'audace, regarda son frère craintivement.

— Celui que tu fais me convient, dit Horace.

Le jeune garçon baissa la tête, sa sœur en fit autant, et l'on n'entendit que le bruit des fourchettes claquant les assiettes de terre cuite.

Après le repas, Horace, selon son habitude, alluma sa pipe et se mit à la fenêtre, garnie de barreaux de fer. Il y resta jusqu'à la nuit à regarder la pluie qui tombait à torrents. Puis il ferma brusquement la vitre et se mit à songer.

Sa fille avait allumé la vieille lampe et travaillait assise à la table. Le jeune garçon s'était mis auprès de sa sœur et dévidait un écheveau de petites cordes qu'il destinait à l'achèvement d'un hamac, accroché à un clou de la muraille.

Le silence était lugubre. Par instants des rafales de vent ébranlaient le toit de chaume, pendant que l'on entendait le bruit de grosses gouttes de pluie qui tombaient lentement dans un coin de la salle.

Quand les coups de vent étaient trop forts, les deux enfants relevaient la tête, comme pour se demander si la montagne n'allait pas s'abîmer sur eux. Puis, quand la bourrasque était passée, ils reprenaient l'un l'aiguille, l'autre le peloton.

La jeune fille était jolie, quoique triste. Le garçon était laid, petit et malingre... Ces deux êtres s'aimaient de tout l'oubli dont ils étaient l'objet; de toute la solitude qu'on faisait autour d'eux; enfin de tout leur malheur. Ils trouvaient dans leur affection une compensation à l'existence sauvage qu'ils menaient. Quand ils s'en allaient tous deux, par les sentiers escarpés de la montagne, — chemin que le chamois seul connaissait, — en buvant l'air, en regardant le ciel, Marie s'appuyait avec orgueil sur le bras de son *petit frère*, comme elle l'appelait, et l'accablait d'une foule de questions auxquelles Hector répondait toujours sans s'impatienter.

En revenant à la maison, ils perdaient leur vivacité, ils redevenaient tristes. Ils sentaient que leur père les voulait ainsi... Alors, habitués au silence, ils se parlaient du regard et ils se comprenaient.

Hector, avant de partir le matin, allait à la source puiser de l'eau dont sa sœur avait besoin pour la journée; il épluchait les légumes, allumait le feu pendant que Marie dormait. A son réveil, elle trouvait tout prêt, et elle s'attendrissait sur la sollicitude de son cher petit frère. Alors, de sa fenêtre, elle regardait le sentier escarpé où il avait dû passer, et elle disait tout haut :

— Bon petit frère, va !

Hector aimait sa sœur, et, en la voyant frêle et délicate, il se disait naïvement que les travaux grossiers incombaient à lui qui était un homme. Marie avait de mignonnes *menottes*, que le jeune garçon tenait à laisser blanches.

Il avait donné à sa sœur une belle collerette qu'elle mettait quand ils allaient se promener dans les environs. Il y avait ajouté un ruban rouge qui faisait valoir les cheveux de la jeune fille et un miroir qui servait à ajuster ces chiffons-là, et quand il voyait Marie parée, il était fier de lui.

Ces satisfactions intimes, stimulaient son courage; la tendresse qu'il avait pour sa sœur relevait ses bons instincts que son père abaissait. Il comprenait que la vie qu'il menait pouvait être tout autre, et ce sentiment lui avait donné le courage de parler à son père comme il l'avait fait. La réponse brutale de ce dernier l'avait attristé, et Marie lui disait de son doux regard : « Console-toi, cher petit frère, je partage ta peine. »

Les deux enfants en étaient là, quand on heurta à la porte.

Marie se retourna vers son père qui paraissait n'avoir pas entendu.

— Mon père, dit-elle timidement, on frappe, faut-il ouvrir ?

— Laissez frapper, répondit Horace d'un ton qui ne souffrait pas de réplique. La jeune fille, décontenancée, baissa la tête et reprit son travail. Quelques secondes s'écoulèrent sans qu'on entendît frapper de nouveau. La personne du dehors attendait une réponse. Voyant qu'on ne la lui donnait pas, elle cria d'un ton pressant :

— Ouvrez ! ouvrez ! s'il vous plaît !

— Allons ! dit Horace impatienté, pour avoir la paix, il faut ouvrir. Va, Marie !

La jeune fille ouvrit la porte.

Un homme trempé jusqu'aux os, les cheveux ruisselants, entra. Il quitta son chapeau, qu'il alla secouer auprès du foyer et se débarrassa d'un manteau de drap brun à rabats, qu'il étala sans façon sur le dos d'une chaise. Il fit tout cela en s'excusant de la liberté qu'il prenait et dont il rendait le temps responsable.

— Je me souviendrai, disait-il, de cette foire de Beaucaire, ah ! oui ! je m'en souviendrai !

Horace, qui n'avait bougé, ni dit un mot, paraissait jouir de la mauvaise humeur du voyageur.

Marie ranima le feu et présenta une chaise à l'étranger, qui lui dit gracieusement :

— Merci, pour vos bontés, mademoiselle.

Monsieur, ajouta-t-il en s'adressant à Horace dont le silence semblait significatif, excusez-moi... mais il fait un temps à offrir l'hospitalité... à un chien. Ah ! quel métier que le commerce !

Horace, directement interpellé, répondit par quelques mots qui autorisèrent le voyageur à parler de sa profession, ce qu'il fit avec la volubilité du commerçant, et conclut en disant que l'état d'orfèvre, malgré tout, avait ses bons côtés.

— Malgré le mauvais temps, ajouta-t-il, j'ai vendu au delà de toutes mes espérances ; je reviens le gousset plein et les écrins vides.

Le voyageur, en disant cela, étendait devant le feu ses jambes qui fumaient comme un liquide en ébullition.

La pluie tombait toujours ; le vent qui s'engouffrait par la cheminée faisait lécher à la flamme crépitante les pierres du foyer.

— Je ne pourrai, dit l'orfèvre, qui écoutait la tourmente, continuer ma route... c'est vraiment déplorable... Ma femme, mes enfants, vont être inquiets. Il regarda sa montre et hocha la tête.

— S'il vous plait de dormir quelques heures sur un grabat, reprit Horace, j'en mets un à votre disposition. Dans le cas contraire, vous êtes libre.

— J'accepte, dit le voyageur pensif.

— Et, dit Horace, si vous voulez souper, ne vous gênez pas. Il y a encore un morceau de pain, un poisson tout entier, la moitié d'un fromage et un verre de bon vin.

— C'est tout ce qu'il me faut.

— Marie, vous avez entendu; mettez le couvert.

La jeune fille obéit.

Horace alla tirer lui-même le vin, ce qui surprit ses enfants, lui qui d'ordinaire ne s'occupait que de le boire. Il prit un verre, s'attabla avec l'étranger et causa. Bientôt l'expansif orfèvre et le taciturne Horace avaient lié *amitié*. Dans cette intimité improvisée, le voyageur demanda à Horace ce qu'il faisait de ce garçon occupé à un travail de *femme*.

— Ce que j'en fais, dit Horace, pas grand'chose. Il guide les voyageurs dans la montagne.

— Il m'a l'air intelligent et surtout actif; il faut me le confier, je lui apprendrai à devenir quelque chose.

Hector ouvrit l'oreille et regarda son père, inquiet de la réponse qu'il allait faire.

— Volontiers, dit Horace avec indifférence, mais buvez, ou plutôt buvons. Et il emplit les verres.

— En effet, dit l'orfèvre, ce vin est excellent. Et, soulevant son gobelet d'étain, il le choqua contre celui d'Horace.

Hector avait repris son travail, et ses mains, tremblantes de joie, faisaient tourner le dévidoir avec une vitesse inusitée ; ce qui fit dire à Marie qui l'observait :

— Il te tarde d'avoir fini, petit frère ?

— Non, répondit-il, je suis content.

— De me quitter ?

— Ce n'est pas ça.

— Qu'est-ce que c'est donc ?

— C'est, répondit fièrement Hector, que je pourrai bientôt être un garçon comme les autres, et je le désire pour t'être utile, car te voilà grande.

Marie regarda son frère avec ses grands yeux étonnés.

— Tu ne peux pas gagner ta vie, toi, dit-il tout bas, je te la gagnerai.

Marie sourit avec admiration.

— Eh bien ! dit Horace aux deux enfants, vous ne songez pas qu'il est l'heure de dormir ?

Marie se leva, roula son ouvrage, pendant que son frère remettait le dévidoir à sa place. Cela fini, les deux enfants sortirent.

— Tu vas prendre la chambre, dit Hector, et moi je vais aller dormir au grenier.

— Attends, dit Marie, je vais te donner une de mes couvertures.

Elle rentra dans la chambrette, prit sur le lit un vieux couvre-pieds et suivit son frère qui avait passé devant.

— As-tu remarqué notre père ? dit Hector.

— Oui, dit Marie, il est bien aimable, ce soir. Je n'en reviens pas. Il serait bon, ajouta la fillette avec candeur, qu'il vînt de temps en temps du monde, cela le changerait.

Le silence se fit entre les deux enfants. Marie, après avoir arrangé de son mieux le lit de mousse de son cher petit frère, descendit se coucher.

Hector, lui, s'assit sur son lit, inquiet sans savoir pourquoi. Il avait toujours devant lui la figure de son père ; il ne pouvait se lasser de chercher la raison qui lui avait ainsi délié la langue.

— Comme c'est étonnant ! murmurait-il !

La pensée tendue vers un point fixe, l'enfant tomba dans une vague rêverie.

Au dehors, la pluie tombait, le vent gémissait.

Le voyageur et Horace étaient toujours attablés. Le premier avait les deux coudes sur la table et riait de cet air béat qui précède l'ivresse.

— Ton vin est bon, camarade, disait-il à Horace ; la pluie peut tomber, on est bien chez toi... J'étais aussi gueux que toi, moi, voilà environ vingt ans, à présent, j'ai des... des... rentes... Mais, buvons. Et, de sa main défaillante d'ivresse, il portait tant bien que mal le gobelet à ses lèvres.

Horace, pâle, les lèvres serrées, ne répondait rien.

— Quelle heure est-il, l'ami ? tu comprends, je suis las ? je sens le sommeil venir... Ma... ma... chambre... mène-moi à ma chambre, tiens, dit l'orfèvre qui se leva en titubant.

Horace ouvrit la porte et conduisit l'étranger à sa chambre. Celui-ci se laissa lourdement tomber sur le lit ; cinq minutes après, il ronflait.

Le bruit des portes, en s'ouvrant, l'orfèvre, en parlant haut, avaient brusquement tiré Hector de sa rêverie. Sans se demander compte de son action, il descendit et arriva dans l'étroit corridor qui séparait les deux pièces au moment où son père refermait la porte sur lui.

Le jeune homme s'assit machinalement sur la dernière marche de l'escalier.

Horace, rentré, s'accouda à la cheminée et regarda le sol ; sa physionomie s'était encore assombrie ; son visage avait revêtu une pâleur mate ; ses yeux lançaient des éclairs. Il jeta un regard de mépris sur les objets qui l'entouraient ; puis, s'avançant vers un bahut, il ouvrit un tiroir et en tira un poignard qu'il considéra longuement. Après quoi il se dirigea avec précaution vers la porte qu'il ouvrit lentement.

Sur le seuil il trouva son fils.

Le père fit un brusque mouvement en arrière : ce mouvement mit dans le rayon de lumière qui passait par la porte entre-bâillée, lalame luisante du poignard.

A cette vue, une secousse nerveuse agita l'enfant qui se mit à trembler de tous ses membres.

— Que fais-tu là ? dit Horace qui s'était remis de son trouble.

— Je n'en sais rien, répondit l'inconscient garçon ; je suis venu parce que j'ai entendu du bruit. Et je ne sais plus pourquoi je suis resté là, au lieu de remonter dans mon grenier.

L'enfant disait la vérité.

— Que signifie cette bizarre réponse ? reprit Horace.

Hector ne répondit pas. Il contemplait son père avec épouvante. Son esprit plongé dans les ténèbres faisait effort pour en sortir ; il luttait pour comprendre. Il regardait l'arme nue et il semblait lui demander ce qu'elle faisait dans cette maison, et quel projet elle secondait. Cet acier qui brillait l'attirait, le fascinait. Tout à coup, comme si une lueur en lui eût jailli, il se mit à crier :

— Ah !

Son père lui mit la main sur la bouche et le poussa dans sa chambre.

Horace était aussi bouleversé que son fils, mais son trouble ne venait pas d'une salutaire confusion qu'aurait dû lui causer la présence de son fils, s'interposant soudain, comme la conscience, entre lui et son crime : son trouble venait d'une colère poussée à son paroxysme.

— A présent, parle ! Qu'es-tu venu faire ici ?

— Mon père, dit Hector, grâce !

— Grâce ! dit le père dont la voix tremblait, et pourquoi ?

L'enfant porta les deux mains à sa tête, ne sachant trop pourquoi il avait demandé grâce. Ses pensées se heurtaient dans son cerveau, sa raison se perdait.

— Allons, dit le père se contenant à peine, c'en est trop... ma patience est à bout... Va-t'en ! ou sinon...

Et il fit à l'enfant un geste plein de menaces.

Hector, redevenu timide, comme il s'était montré inconsciemment hardi, s'en alla la tête basse.

En franchissant la porte à moitié ouverte, son paletot s'accrocha. Il avança machinalement la main : c'était la clef. Il la saisit, la serra vivement et tira la porte, qu'il referma à double tour. Cela fait sans se demander compte de son action, il se sentit soulagé. Alors il monta à la chambre de sa sœur, s'avança doucement vers le lit de la jeune fille qui dormait, l'embrassa, puis il sortit en s'essuyant les yeux.

Revenu dans l'escalier, il s'appuya à la rampe; il avait des éblouissements, et se sentait poussé vers un but qu'il cherchait à deviner : les événements qui s'étaient succédé pendant la soirée, surtout ce qu'il venait de voir, le rendaient fou. Et cependant, le malheureux enfant comprenait qu'il fallait agir sans compromettre son père. Au milieu de ses perplexités surgit dans son cerveau une idée qui lui parut tout concilier. Il alla frapper à la porte de l'orfèvre.

N'obtenant pas de réponse, il ouvrit la porte.

Le voyageur ronflait bruyamment.

Hector ne savait comment faire pour le réveiller. Enfin, il s'approcha du dormeur, le secoua timidement, puis plus fort, si bien qu'il finit par ouvrir les yeux.

— C'est l'heure? demanda l'orfèvre, en se frottant les paupières; la pluie a cessé?... bien!... bien!... je vais partir.

Sa tête appesantie retomba sur le chevet.

— Monsieur, dit Hector d'une voix émue, les moments sont précieux, réveillez-vous et écoutez-moi, je vous en prie.

Le jeune garçon avait mis sa bouche au niveau de l'oreille du voyageur.

Ce dernier se dressa subitement, roula ses gros yeux encore chargés de sommeil et regarda avec stupéfaction Hector, qui avait allumé un bout de résine.

— Vous m'avez promis de m'emmener, reprit Hector. Si vous y tenez comme moi, il faut partir, parce que, dès que le jour aura commencé à paraître, — ce qui ne peut tarder, — mon père, qui a consenti à mon départ, reprendra sa parole.

Le voyageur, étonné, regarda Hector.

Alors le jeune homme, pour excuser sa démarche à pareille heure, traça, du mieux qu'il put, le caractère de son père, dont il attribuait la singularité à de grands revers. Il parvint à intéresser l'orfèvre en lui peignant sa triste position, et il le pria, au nom de sa jeune sœur, de prendre son sort en pitié. Hector fut si pressant, il trouva dans son naïf dévouement tant de bonnes raisons, que le voyageur ému, à moitié ébranlé, répondit :

— Je ne puis cependant partir sans prendre congé de votre père.

— Alors, je ne partirai pas! répondit tristement le eune homme.

— Si, mon garçon, tu partiras. La pluie a cessé?

— Oui, dit vivement Hector. Le temps est calme et, ajouta-t-il, je connais tous les sentiers de la montagne.

— Eh bien, partons!

Hector sentit son cœur se gonfler de plaisir. Il ouvrit la fenêtre, qu'il enjamba. Le voyageur le suivit, et ils disparurent dans la nuit.

Au moment où ce départ s'effectuait sans bruit, Horace était étendu sur son lit, la tête dans sa main, le poignard à ses côtés.

L'audace de son fils le surpassait. Et il se demandait quel châtiment il infligerait au téméraire, lorsque la porte serait ouverte de nouveau. Mais cette témérité avait été en quelque sorte inspirée à Hector. La conception et l'exécution du crime avaient été simultanées. Horace n'avait jamais, devant ses enfants, oublié sa dignité. Comment l'horrible soupçon d'un crime avait-il pu naître dans la tête de son fils? Horace ne comprenait pas que, précisément, la vie étrange qu'il menait, avait opéré chez l'enfant une véritable révélation. En pensant à son père, Hector était inquiet, triste, préoccupé; il sentait peser sur lui comme un poids inexplicable. Le moindre changement qui se manifestait chez ce père, amenait chez le fils une foule de réflexions naïves. Le père, tourmenté d'envie, n'avait pas songé à cela.

Le jour trouva Horace en proie à une fureur qui n'était pas exempte de regrets: fureur d'avoir son fils pour juge, regrets d'avoir été empêché dans l'exécution de ses dessins.

Pendant que le soleil, en s'élevant au-dessus de la montagne, venait éclairer le front sombre d'Horace, Marie, à sa petite fenêtre, lissait ses beaux cheveux.

Comme à l'ordinaire, la jeune fille regardait le sentier escarpé et tortueux de la montagne, car c'était là qu'avait dû passer *le cher petit frère* pour se rendre à son travail. Quand elle eut ajusté sa coiffure et refait son lit, elle descendit. La clef était sur la porte et celle-ci était fermée. Marie crut tout le monde sorti. Elle entra.

En voyant son père couché, lui qui d'habitude se levait de grand matin, elle s'arrêta interdite au milieu de la salle.

Elle regarda autour d'elle, vit le foyer éteint, le plat aux légumes vide, elle s'étonna de l'oubli d'Hector et se hâta de le réparer. Mais son père lui dit brusquement qu'elle le troublait et lui ordonna de se retirer.

Marie, ne sachant que penser, reprit tristement le chemin de sa chambre.

Horace, que sa fille venait de délivrer, sans s'en douter, se hâta de sortir. Il chercha Hector, mais il ne le trouva pas. Alors il rappela Marie, qui descendit aussitôt.

— Voyez, dit Horace, si le voyageur est levé.

Marie frappa plusieurs fois à la porte de l'orfèvre, personne ne lui répondit.

— Il dort ou il est parti, dit-elle à son père, je ne reçois pas de réponse.

— Ouvrez la porte, dit Horace.

La jeune fille obéit.

La chambre, nous le savons, était déserte.

Horace pensa aussitôt que son fils l'avait trahi. Il ne lui restait plus qu'à s'enfuir, et c'est ce qu'il fit.

Il partit, sans rien dire, quelques heures après cette découverte.

Marie, restée seule, s'occupa sans trop s'alarmer jusqu'au soir. Mais, une fois l'heure à laquelle son frère rentrait passée, elle devint anxieuse.

Tout à coup, elle se rappela qu'Hector était parti avec l'orfèvre. Cette pensée la calma; mais elle en voulut à son frère qui l'avait quittée, croyait-elle, sans lui faire ses adieux. Elle reporta ses inquiétudes sur son père qui ne revenait pas.

Cependant, les heures passaient. La pendule à coucou avait déjà sonné neuf heures; la demie à son tour se fit entendre.

— Il ne peut guère tarder maintenant, se dit Marie, qui ne savait rien de ce qui s'était passé.

Et elle alla s'assurer si le souper ne se refroidissait pas trop. Cela fait, elle ouvrit la porte; s'arrêta sur le seuil et écouta. Personne sur la route. La lune éclairait le ciel étoilé. La gorge de la montagne était pleine de vapeur. C'est tout ce qu'elle vit: quelques chiens aboyaient plaintivement, c'est tout ce qu'elle entendit.

Elle referma la porte.

Horace menait une vie si déréglée; ses absences étaient si fréquentes, que Marie ne s'inquiéta pas trop de ce retard. Vers onze heures, le sommeil l'emportant, elle s'endormit sur la table.

Elle ne se réveilla qu'à deux heures. La lampe s'était éteinte. Marie fut étonnée de cette obscurité; son père était-il rentré? Non sans doute; elle l'eût entendu. Elle ralluma la lampe, regarda le lit: personne. Alors, elle se décida à prendre un peu de soupe et regagna sa couchette.

Le lendemain son père ne revint pas. La seconde soirée s'écoula, comme la première, dans l'attente. Marie conçut une inquiétude mortelle.

Le troisième jour, elle s'aventura pour chercher son père dans les endroits les plus solitaires de la montagne: elle revint comme elle était partie.

Son père l'avait-il abandonnée?

Elle rentra, le cœur gros.

Isolée dans cette région déserte, elle se sentit envahir par la peur et ne put retenir ses larmes.

Enfin, elle reçut une lettre de son frère ; aussitôt de répondre que, ne sachant pas ce que leur père était devenu, elle ne voulait pas rester seule.

Hector vint chercher Marie, et tout le petit monde de la fabrique fit bon accueil à la jeune fille.

L'orfèvre était riche, humain et bienfaisant. Les enfants du contrebandier lui avaient plu. Tout en déplorant la fuite incompréhensible du père, il fut presque enchanté de ce qui arrivait, et Marie devint comme la fille cadette de cet homme de bien.

Hector, bien doué, armé d'une volonté ferme et persévérante, fut bientôt initié aux détails minutieux de la profession. Il avait, en outre, l'esprit lucide et souple d'un bon administrateur.

En cinq ans, l'élève passait maître.

Hector comprit l'orfèvrerie à la manière des Benvenuto Cellini et des Froment-Meurice.

Le Genevois, enchanté, voulut faire la fortune de son protégé : il le choisit pour contremaître.

Alors, Hector paya toutes les dettes de son père ; puis il travailla pour sa sœur qu'il voulait établir.

On devine quelle fut la vie du jeune homme durant la période de douze ans qu'il passa chez son bienfaiteur.

Un soir du mois de décembre 1845, il faisait très froid.

Hector, dans la journée, était sorti pour traiter une affaire intéressant la maison. L'entrevue avait été très longue. A neuf heures du soir seulement, il traversait Genève du pas d'un homme que l'appétit talonne.

A quelques pas de la fabrique, il aperçut un malheureux assis sur une borne, la tête inclinée sur la poitrine.

L'une des mains s'appuyait sur un bâton noueux; l'autre disparaissait sous des vêtements en lambeaux.

Hector, bon et compatissant, se rappela ce qu'il avait souffert ; il s'approcha de l'homme et lui dit :

— Il fait bien froid ! vous grelottez ; vous ne pouvez rester ici.

L'inconnu releva la tête.

— Je suis habitué au froid et à la faim, murmura-t-il d'un ton plein d'amertume,

Cette voix fit tressaillir Hector. Il regarda le vieillard avec attention, et, le reconnaissant :

— Mon père ! s'écria-t-il dans un affectueux élan.

A ces mots, le mendiant se leva, et, se rapprochant du jeune homme au point de le toucher, il le contempla avidement, et soudain :

— Ah ! c'est toi, misérable !

Tu te souviens de cette nuit d'octobre 1835 !

— Je me souviens de vous avoir épargné des remords, répondit Hector ; mais ceci est un secret entre Dieu et nous. Je suis votre enfant et non votre juge.

Horace, ému, ne sut que répondre. Il courba silencieusement la tête. La généreuse tendresse de son fils le troublait. Il éprouva comme un tressaillement intérieur ; mais l'orgueil et la défiance eurent bientôt étouffé ce bon mouvement.

— Et tu crois, dit-il, que le voyageur ne s'est aperçu de rien ?

— Non, puisque c'est chez lui que je vous conduis.

— Comment as-tu fait pour le décider à partir sans prendre congé de moi ?

— Je lui ai dit que j'étais las de la vie que je menais... Mais, venez, il fait froid.

Horace hésita.

— Venez, répéta son fils, vous serez bien reçu.

— Ta sœur ne se doute de rien ?

— Personne ne sait rien, je vous le jure.

Horace Bonarel fut en effet bien reçu par le Genevois et par sa famille.

Marie embrassa son père en pleurant et lui raconta toutes les inquiétudes qui l'avaient torturée depuis sa disparition.

Le lendemain, Horace était commodément installé dans un appartement de la fabrique qu'il ne devait plus quitter.

Le vieillard, dont la vie avait été si aventureuse et si agitée, trouva celle qu'on lui faisait bien calme et bien monotone, malgré les soins de ses enfants ; il languit bientôt et mourut.

L'affection si vive dont il était entouré ne pouvait le laisser insensible. A la dernière heure, il fit sa paix avec Dieu, après s'être réconcilié avec son frère.

Nous avons dit comment, par suite de cette mort, Hector et Marie furent appelés par leur oncle à l'usine du chemin de la Part-Dieu.

Les deux orphelins partirent.

La séparation fut pénible.

Cependant, l'orfèvre s'inclina devant le désir que M. Bonarel exprimait de se charger de l'avenir de son neveu et de sa nièce. Seulement, le Genevois dit au frère et à la sœur :

— Si vous êtes mal à la Guillotière, revenez ici, vous serez toujours les bienvenus.

V

L'ARRIVÉE A L'USINE

Ernest, si le lecteur ne l'a pas oublié, était arrivé à la Guillotière huit ou dix jours avant Hector et

Isabelle n'était que jolie (page 20).

Marie. M. Bonarel pourtant ne lui avait encore rien révélé de ses intentions.

Il attendait, pour parler, qu'Hector fût présent et que tous les membres de la future famille fussent réunis.

Pendant ces dix jours, Ernest, qui certes ne cherchait guère à s'occuper, n'avait absolument rien fait. Comme tout provincial nouvellement débarqué, il visita Lyon, la seconde capitale de la France.

Ernest possédait avec une imagination vive une ambition précoce; il avait d'un seul coup d'œil jugé la situation et pesé ses avantages et ses inconvénients.

Après s'être préalablement informé de la fortune de M. Bonarel et avoir acquis la certitude qu'il possédait au moins six millions, notre homme s'était subitement aperçu que sa cousine était charmante et qu'elle réunissait au moins vingt-neuf des trente-deux qualités qui font la femme parfaite, qualités dont il est si fréquemment parlé dans un spirituel roman de Saintine : *Un rossignol pris au trébuchet*.

Cette conviction de la beauté d'Isabelle en tête,

Ernest n'avait vu rien de mieux à faire que d'imiter la charmante Perrette de la Fontaine.

Il commença donc à se lancer à corps perdu dans le champ si vaste des projets et des rêves.

Sur ce sol mouvant qui a vu construire tant de « châteaux en Espagne », Ernest marcha à pas de géant, et il se vit déjà adoré de son opulente cousine.

On devine comment le jeune ambitieux faisait finir son rêve :

Il épousait sa cousine et succombait sous une pluie d'or et de billets de banque. En un mot, il était un des princes de la finance sans avoir jamais rien fait pour le devenir.

On conviendra que c'était un beau rêve que celui de posséder d'un coup une femme charmante et une fortune colossale.

Pour obtenir ces deux choses, qui ne marchaient pas l'une sans l'autre, Ernest comprit qu'il devait faire quelques sacrifices et jouer très serré.

Il devint hypocrite.

Il cessa d'explorer Lyon, ses monuments et ses quais admirables, et feignit de renoncer à toutes les distractions pour ne plus contempler que les charmes de sa cousine.

Enfin, il s'étudia à cacher tous ses défauts, surtout sa sécheresse de cœur. Il devint bienfaisant autant par ostentation que pour plaire à sa cousine. Il se mit en tête de singer aussi quelques qualités, de celles que possèdent ou semblent posséder les gens de cœur et les gens du monde.

Bref, sans s'être demandé s'il était bien nécessaire d'aimer pour prendre femme, il se posa presque officiellement en prétendant à la main d'Isabelle, et changea quatre fois par jour de gants, de cravate et de faux-col.

Il ne manquait plus que le bouquet quotidien.

Sans remarquer la nullité de son cousin, sous ce vernis de vertus et de bonnes manières, Isabelle s'aperçut que le gandin était en somme un joli garçon, se présentant parfaitement, ayant la voix douce et la main très fine.

Ernest avait toutes les audaces. Douter de lui-même, jamais! Plutôt mourir.

Isabelle aimait-elle son cousin? Nous ne pouvons l'affirmer. Mais toujours est-il qu'elle était sensible à ses attentions.

Sur ces entrefaites, arrivèrent Hector et Marie. Ils étaient en grand deuil.

Les deux orphelins furent parfaitement reçus par M. Bonarel et par sa famille.

Marie était si jolie, si gracieuse et semblait si bonne, qu'elle plut tout de suite à Isabelle, qui la traita comme une sœur.

Isabelle, qui était habituée à la figure souriante du bel Ernest, fut à première vue effrayée de la gravité réfléchie de son cousin; mais cette impression disparut quand elle connut mieux Hector.

M. Bonarel, lui, se dit que ce front rêveur abritait une pensée, que cette attitude modeste révélait un esprit laborieux. Après avoir longuement causé avec Hector, il dit à sa femme :

— Si je ne me trompe, Hector est travailleur; il ira loin. Bien certainement, c'est lui qui me succédera; j'étais comme cela il y a trente ans.

Et M. Bonarel devint pensif.

Le lendemain, de bonne heure, il était dans son cabinet. Depuis trente ans, il n'avait rien changé à ses habitudes. Sous ce rapport, il n'avait pas vieilli.

Il sonna. Un domestique se présenta.

— Joseph, dit M. Bonarel, montez chez mes neveux et dites-leur de me venir trouver.

Ernest était au lit, quand le domestique lui dit que *monsieur* désirait lui parler.

— Si matin! que peut donc avoir mon oncle de si pressé à me dire!

Ernest s'étira, puis il dit à Joseph, en bâillant, qu'il allait s'habiller.

— A propos, Joseph, ajouta-t-il, j'ai une toute petite recommandation à vous faire. Vous voyez ce soleil qui entre ici comme chez lui (et il montrait un large rayon de lumière ruisselant sur son lit), eh bien! faites en sorte, qu'il ne vienne plus troubler mon sommeil. Vous entendez!

— Parfaitement! monsieur peut être tranquille; je tirerai ce soir les rideaux de soie des fenêtres, dit Joseph en sortant.

— Me faire lever trois heures plus tôt que d'habitude, se disait le beau paresseux en nouant avec attention sa cravate, cela n'a pas le sens commun. Peste soit d'une idée pareille! C'est peut-être le nouveau cousin qui est cause de ce dérangement. Que n'est-il resté où il était, puisqu'il s'y trouvait si bien!

Ce fut en maugréant de la sorte qu'il se rendit auprès de son oncle, où Hector était déjà.

Voici ce que M. Bonarel dit aux deux jeunes gens :

— Mes amis, vous êtes orphelins, sans fortune, mais vous êtes tous deux à un âge où tout homme doit mettre à profit sa jeunesse et son énergie pour se faire une position. Le commerce, pratiqué sur une grande échelle, peut vous donner cette position, et moi je puis vous lancer dans cette voie et vous aplanir les difficultés des débuts.

Je suis vieux, vous le voyez, j'ai besoin de repos, après trente-cinq ans d'un travail de tous les instants.

Mes affaires, qui prennent chaque jour plus

d'extension, m'accablent. J'ai donc pensé à vous pour me succéder, car je ne puis songer à laisser à ma fille la direction de la fabrique. A ce sujet, je dois vous dire que mon désir est de marier Isabelle en dehors de mes relations commerciales.

M. Bonarel parlait ainsi pour ne pas exciter de rivalité entre ses deux neveux.

— Travaillez, mes chers amis. Vous m'êtes également chers, je vous aiderai de mes conseils et de mon expérience.

A présent, dites-moi si ma proposition vous sourit? Parlez, ne craignez rien.

Ernest et Hector répondirent qu'ils s'efforceraient de se rendre dignes des bontés que leur oncle daignait avoir pour eux.

— Il y a deux moyens de servir les intérêts de la fabrique, reprit M. Bonarel.

Le premier consiste à entretenir les relations du dehors, à courir les affaires, à se créer des correspondants, etc., etc. Le second est administratif et mécanique : il demande un esprit lucide et des aptitudes spéciales. Il y a donc deux places bien distinctes que vous pouvez occuper côte à côte.

En raison même de l'importance des affaires, cette division d'attributions est nécessaire aujourd'hui.

Vous devez être convaincus que vous êtes indispensables l'un à l'autre, et que vous rendrez tous deux à l'association des services équivalents quoique de nature bien différente.

Moi-même, autrefois, j'avais compris et senti la nécessité de cette division. Je m'associai mon frère, mais nous nous séparâmes bientôt. Mon frère n'était nullement fait pour le commerce. Ce fut malheureux et pour lui et pour moi.

A la façon dont il parlait de son frère, Hector, qui savait toute la vérité sur l'association des deux Bonarel, comprit combien il y avait de délicate générosité dans le cœur de son oncle.

— Il ne vous reste plus qu'à décider quelle est la place que chacun de vous doit occuper.

Le peu que je sais de votre passé, de vos aptitudes, me permet de trancher facilement cette dernière question.

Hector, vous êtes déjà fait à la vie d'atelier, vous êtes, m'écrit votre ami de Genève, qui, à votre insu, n'a sans doute pas voulu vous laisser arriver chez moi sans une lettre de recommandation, un mécanicien hors ligne, ce qu'on appelait autrefois un *argentier* : vous serez l'*industriel* de l'association. A vous la direction sans contrôle de l'usine.

Acceptez-vous ?

— Avec reconnaissance, mon oncle.

— Ernest, vous serez le *commerçant*, reprit M. Bonarel, à vous les affaires du dehors.

Alors M. Bonarel se leva, serra la main de ses deux neveux et dit :

— Aujourd'hui même, mon cher Ernest, je vous présenterai aux plus importants commerçants de Lyon.

VI

LE CŒUR D'HECTOR

Hector fut présenté aux ouvriers de la fabrique, et, après cette présentation, M. Bonarel et Ernest montèrent en voiture pour rendre visite aux divers correspondants avec lesquels le jeune homme devait bientôt se trouver en rapport.

M. Bonarel n'était pas un de ces parvenus qui, devenus millionnaires, vivent avec une parcimonie qui pourrait rappeler les plus mauvais jours de leurs débuts. Mais il n'étalait pas un luxe qui dépassât ses moyens.

Il avait chevaux et voitures, il le pouvait : c'était bien.

Quand Ernest monta dans l'élégant landau, que deux chevaux fringants allaient bientôt entraîner vers Lyon, il ne se sentit pas d'aise, et éprouva une grande joie à n'être que « le commerçant » de l'association.

— Mon oncle, se dit-il, ne sera pas toujours avec moi, et, pour que je puisse soutenir dignement l'éclat et la réputation de sa maison, il doit m'abandonner cette voiture. Dès demain, je serai à même de lutter d'élégance avec les fils des meilleures familles, et je m'arrangerai bien de façon à ce que ma toilette ne jure pas avec les coussins soyeux de *ma* voiture.

C'était là un singulier raisonnement pour un courtier d'affaires.

Et Ernest, songeant à son associé, se dit :

— L'imbécile ! à lui le travail ; à moi les plaisirs faciles. Pendant qu'il s'abrutira avec ses ouvriers, je mènerai douce vie.

Bon oncle Bonarel, va !

A moi les plaisirs, les fêtes, le jeu, les plus belles !...

A ce dernier mot, Ernest fronça le sourcil.

Pourquoi ?

L'amour est une chose étrange.

Ernest, après cette bouffée de vanité, devint rêveur.

Il songeait à Marie.

Les grands yeux veloutés de la belle fille l'avaient fasciné.

Le nouvel astre avait fait pâlir le premier.

En regardant les deux jeunes filles, Ernest avait remarqué que Marie était plus grande qu'Isabelle, l'orpheline avait la taille mieux prise. Auprès des tresses noires, luisantes de la fille des montagnes, les bandeaux réguliers d'Isabelle étaient sans effet; Marie écrasait sa cousine.

Elle était belle, Isabelle n'était que jolie.

Ernest s'éprit de Marie. Cependant, il n'abandonnait pas le projet d'épouser Isabelle.

De l'une, il voulait l'amour; de l'autre, la fortune.

Cet être sans principes, cet ambitieux sans scrupules, ce débauché spirituel, ce paresseux de bon ton, ce voluptueux délicat, qui savait au besoin dissimuler et feindre ses qualités absentes, voulait satisfaire tous ses appétits.

Son ambition lui conseillait de tout faire, de tout oser, de tout mettre en œuvre pour obtenir Isabelle ; mais il sentait que, pour posséder Marie, il était capable de commettre mille bassesses. L'idée que la belle fille appartiendrait à un autre, le rendait fou. Il écartait brusquement cette pensée, et se disait mentalement :

— Elle sera à moi !

Cependant, son amour pour Marie pouvait tout concilier. Hector épousant Isabelle, lui, épousant Marie, les deux beaux-frères s'associaient définitivement.

L'avenir d'Ernest était ainsi assuré... Oui, mais Hector devenait le possesseur des millions de l'oncle Bonarel. Ernest deviendrait plutôt le serviteur d'Hector que l'associé.

Il n'aurait droit au bénéfice que proportionnellement à son travail.

Un avenir de travail, une vie de peines et de soucis, voilà les avantages que lui offrait un mariage avec Marie.

Il se mit à rire.

— Je suis fou, se dit-il. Une fortune entièrement à faire, voilà ce qu'on a la générosité de mettre à ma portée. Je la refuse. Je veux Isabelle et ses millions tout gagnés.

Et, pour se raidir contre son cœur, il dénigra Marie et exalta Isabelle.

— J'aimerais, moi, cette fille qui n'a pour dot que sa beauté ! Allons donc, où son amour me conduirait-il ? Je n'y veux plus penser. Isabelle n'est-elle pas cent fois plus ravissante ? Existe-t-il quelque part des yeux bleus plus limpides, une taille plus fine, un pied plus mignon ? C'est un ange... à millions. Son amour m'ouvre du monde les portes à deux battants ! Allons, mon choix est fait ; je ne puis, ni ne dois, ni ne veux aimer. Marie. Mon cœur doit rester à Isabelle, soyons ferme.

Ernest formait cette résolution dans la voiture; assis à côté de M. Bonarel, qui ne se doutait pas du combat engagé dans le cœur de son neveu.

Après deux heures de promenade, Ernest et son oncle rentraient.

Quand ils pénétrèrent au salon, Ernest se dirigea vers Isabelle ; son premier sourire, son premier mot furent pour sa cousine ; mais son premier regard avait été pour Marie ; c'est toujours ainsi que les amoureux se tiennent parole.

Hector causait avec sa tante. Ernest ne l'aperçut pas.

La différence entre Ernest et Hector était grande; le premier personnifiait le plaisir, le second le devoir.

La misère avait été dure nourricière pour Hector.

Son enfance, nous l'avons vu, s'était écoulée entre l'oppression et le besoin. Sous ces deux étreintes brutales, l'enfant n'avait jamais eu l'insouciance de son âge. L'essor de sa nature avait été paralysé. Sa jeune âme s'était étiolée comme la plante privée d'air. Son cœur n'avait pas connu la joie.

Il avait donc senti ce qu'on ne lui démontrait pas : que le travail est la loi de tout ce qui existe.

Son jeune front, où se lisaient les préoccupations de l'avenir, ne s'éclairait qu'à la vue de sa sœur. Il aimait en elle tout ce qui n'était pas en lui. Elle était sa poésie, elle réchauffait son cœur.

Quand il fut grand, il continua à l'aimer uniquement.

Ce n'est qu'en voyant Isabelle qu'il comprit qu'il y avait dans son cœur, une place que Marie laissait libre.

Isabelle, avec sa figure d'ange, l'émut doucement.

Il se prit à l'admirer, puis à l'aimer.

Ce sentiment, d'abord confus, accrut sa timidité. Il aima Isabelle, mais en secret. La regarder, l'entendre, lui suffisait ; il se sentait heureux. Le soir, il restait longtemps à sa fenêtre, à regarder dans la nuit. Et lorsque le ciel était bleu, que les étoiles brillaient, que la lueur blanche de la lune argentait le sommet des arbres du jardin, il se redressait, il appuyait la main sur sa poitrine qui battait à coups précipités, et le nom d'Isabelle venait à ses lèvres.

Pendant son travail, ce garçon laborieux se surprenait à songer. La nouvelle vie qui s'agitait en lui le transportait. Son cœur, jusqu'alors muet, chantait l'hymne de l'amour.

Oh ! amour, comme tu transformes ceux qui sont dignes de toi !

Cependant, Hector auprès de sa cousine était

embarrassé. Si elle lui adressait quelques questions, il répondait mal ou pas du tout. Sa distraction, sa gaucherie, amusaient Isabelle, qui n'en comprenait pas la cause.

Hector se sentait ridicule, et il ne pouvait s'empêcher de l'être. La présence d'Isabelle lui ôtait la voix, la pensée.

Un soir du mois d'octobre, la famille Bonarel était réunie au salon.

Hector, comme à son habitude, causait avec sa tante, tout en ne perdant de vue aucun mouvement d'Isabelle.

Marie, assise devant un élégant guéridon, faisait de la tapisserie. Isabelle avait ouvert son piano. Ernest feuilletait un album de musique.

Il ne manquait à la réunion que M. Bonarel, retenu au dehors par des affaires urgentes.

— Mon cousin, dit Isabelle, passez-moi la romance de *Mignon*.

Et la jeune fille, se retournant vers Marie, dit :

— Tu sais, c'est absolument pour toi que je chante.

Ernest voulut se récrier; mais Isabelle lui imposa silence.

Marie leva la tête; son regard se croisa avec celui d'Ernest; elle rougit, puis elle dit tout bas à Isabelle :

— Merci!

Isabelle préluda un instant et commença.

Hector, sous le prétexte d'écouter plus librement, s'éloigna de sa tante, mais ce n'était que pour contempler Isabelle à son aise.

La jeune fille chantait avec âme. Et, quand ses doigts agiles (exercice qui émerveillait Marie) couraient sur les touches d'ivoire, la tête renversée en arrière, les yeux levés au plafond, dans une pose inspirée, elle était adorable.

Hector était fasciné. Marie, pour la regarder, déposa sa tapisserie.

L'âme de ces quatre personnes était suspendue aux lèvres d'Isabelle.

La jeune fille avait fini, que tous écoutaient encore.

Enfin Ernest rompit le silence.

— Votre voix, ce soir, est merveilleuse.

— Oh! merveilleuse! repartit Isabelle, c'est de la flatterie cela, mon cousin, et, toi mignonne, ajouta-t-elle en se tournant vers Marie, es-tu contente?

— Oh! oui! dit Marie, avec une naïve admiration.

— Vous voyez qu'il n'y a pas que moi qui vous flatte, dit Ernest à Isabelle.

La fatuité du jeune homme fit rire Isabelle, qui reprit aussitôt :

— Marie dit ce qu'elle pense...

— Ce qui veut dire que je ne le dis pas, moi..

— C'est que vous vous croyez obligé de me dire des choses... charmantes.

Ernest tressaillit. La gaîté moqueuse d'Isabelle avait-elle une signification?

La jeune fille avait-elle deviné son jeu?

Inquiet, il se rapprocha de sa cousine qui causait avec Marie.

— Vous êtes fatiguée? c'est fâcheux.

— Je ménage ma voix, pour après-demain...

— Vous allez au concert... peut-être?

— Mon cousin, faites attention, vous devenez indiscret.

— Je vous dois des excuses, dit Ernest.

— Je les attends, repartit Isabelle.

Ernest, interdit, regarda sa cousine. Marie les considéra tour à tour avec étonnement.

L'aisance d'Isabelle était une nouveauté pour la fille de la montagne.

Madame Bonarel souriait.

Hector était pensif.

Il n'avait pas songé, lui, à complimenter Isabelle; il s'était contenté d'admirer. Du reste, Hector n'était qu'un *honnête garçon* pour la jeune fille. Elle l'estimait par l'intermédiaire de son père, qui ne se lassait pas de vanter ses nombreuses et solides qualités.

Isabelle n'aimait ni Hector ni le bel Ernest. Cependant, ce dernier ne lui déplaisait pas. Il flattait son amour-propre; il stimulait son esprit; en un mot, il l'amusait. Ernest, qui croyait avoir un autre empire sur le cœur de sa cousine, se prêtait à ce manège avec un naturel qui divertissait la malicieuse jeune fille.

Plus il s'enfonçait dans le ridicule, plus Isabelle l'y maintenait.

— Ah! si ce n'était ses millions! disait Ernest.

Il pensait cela, mais le sourire était sur ses lèvres, et la comédie continuait.

Isabelle avait jugé Ernest.

Quand chacun eut gagné sa chambre, Ernest, dans la sienne, pensa à ce que lui avait dit sa cousine.

— Elle est jolie, dit-il, elle est *riche*... A cette soirée où elle sera en évidence, elle peut trouver un prétendant... Et, s'il plaît à mon oncle, les affaires iront rondement.

Un commerçant, ça s'entend à bâcler *un marché* (c'est ainsi qu'il considérait le mariage). Est-ce qu'il n'y aurait pas un moyen de surprendre le cœur de cette petite fille qui joue au bel esprit?

Je suis joli garçon, ajouta-t-il, et, s'approchant de sa toilette, il se contempla, passa avec complaisance la main dans ses cheveux et prit une pose de vainqueur. Satisfait de cet examen, il se rassit sur le canapé et se mit à songer. Il n'avait pas de temps à perdre; il s'agissait de se faire aimer le plus promptement possible, d'épouser et de passer à la caisse... Et à cette pensée les yeux d'Ernest brillèrent; ses appétits s'étaient réveillés.

Le lendemain, Ernest mit un soin particulier à sa toilette, il s'habilla à la dernière mode, puis il alla se jeter aux pieds de sa cousine et lui fit une déclaration en forme.

Isabelle partit d'un grand éclat de rire et lui dit :

— Comme vous y allez, mon cousin!

Ernest, dépité, se retira.

Cependant, il ne se tint pas pour battu. Il glissa dans l'album de musique d'Isabelle des vers de sa composition où le verbe « aimer » était répété à satiété.

La jeune fille brûla tranquillement les billets doux.

Ernest, lassé de ses insuccès, n'envoya ni domestiques, ni quatrain; mais il trouva un prétexte pour rester dans sa chambre.

Isabelle rit d'abord de cette résolution, à la fermeté de laquelle elle ne voulait croire; mais en voyant qu'Ernest tenait bon, elle ne rit plus, elle devint même sérieuse. Bien qu'elle ne l'aimât pas, le jeune homme lui manquait.

Ernest avait rendu Isabelle coquette. Le gandin — boudant la jeune fille à laquelle cependant il ne voulait renoncer — retrouva dans son cœur le nom de Marie.

L'amour était plus fort que sa volonté. Il avait beau dénigrer Marie, la fuir, elle était toujours là. Elle l'enlaçait, son regard le fascinait.

— Je l'aime, s'avouait-il, mais je ne puis l'épouser. Et il envisagea alors cet amour sous un autre point de vue.

Marie aimait Ernest comme son frère aimait Isabelle.

Ernest avait fasciné la pauvre fille.

Elle se sentait confuse d'aimer Ernest, et, dans sa naïveté, elle priait Dieu de chasser le jeune homme de son cœur.

Elle enviait Isabelle à qui Ernest disait tant de belles choses, et elle murmurait en soupirant :

— Qu'elle est heureuse, ma cousine! elle est belle, elle est riche, elle a tout ce qu'il faut pour être aimée.

Marie, on le voit, n'avait pas conscience de sa beauté.

Un jour qu'Isabelle et sa mère étaient en visite, Marie, pour tromper sa solitude, alla se promener jusqu'au bout du jardin; elle en revint avec un bouquet de marguerites.

Pour en effeuiller quelques-unes, elle entra dans la *serre*.

Ernest l'y suivit.

Marie, qui se croyait seule, s'adossa à une caisse d'oranger et consulta tout haut l'oracle qui lui répondit : « *Oui, beaucoup, passionnément !* »

Son grand œil noir s'illumina ; ses joues s'animèrent. Elle recommença l'épreuve, même réponse.

— Et quoi, tu dirais vrai, aimable petite fleur. Ce serait moi et non Isabelle qu'il aimerait... Tu te trompes... Voyons, parle encore, toujours, toujours! Lui, Ernest, il m'aimerait! oh!...

Et elle prit une autre fleur. Les marguerites allaient infailliblement être toutes effeuillées, quand une voix lui dit :

— Eh oui! Ernest t'aime. En pouvais-tu douter?

Marie jeta un cri perçant et laissa tomber ses fleurs.

— Pourquoi ce cri, charmante Marie? Rassure-toi, c'est Ernest qui vient te dire ce que tu demandes aux fleurs. Ne crains rien, nous sommes seuls. Je t'aime... tu ne peux m'empêcher de te faire cet aveu.

Et il entoura la taille de la jeune fille qui, interdite, sans voix, sans pensée, ne songeait pas à s'enfuir.

— Je t'aime, répéta Ernest d'une voix de plus en plus caressante.

Marie, charmée, regardait Ernest de ses grands yeux candides.

— Ah! tu es belle ainsi, dit le jeune homme enivré.

Marie ne tremblait plus auprès d'Ernest qui parlait comme Isabelle chantait. Son innocence se faisait la complice du danger qu'elle courait.

— Ah! dit-elle extasiée, ravie ; comme c'est beau ce que vous dites!

— Tu es adorable, Marie, dit Ernest ému de tant de candeur!

Et lui, ce débauché sans principes et sans cœur, se contenta de baiser les mains de la vierge que l'ignorance sauvait.

Marie rentra, accablée de son bonheur. Elle demanda au ciel, cette fois, de lui conserver Ernest.

Le soir, son air heureux étonna Isabelle.

Ernest, revenu de son trouble, se redit, pour la centième fois peut-être, que l'amour n'était pas tout, qu'il ne fallait plus songer à Marie.

— Et puis, ajouta-t-il, le mariage, n'est-il pas le tombeau de l'amour?

J'aime trop cette enfant pour l'épouser. En second lieu, la séduire me semble embarrassant : elle est si candide!

Cependant, il ne put s'empêcher de demander

d'autres rendez-vous à Marie, qui les accepta.

Ernest devenait de plus en plus épris de Marie; mais les millions de M. Bonarel le ramenaient toujours aux pieds de sa cousine. Cette vie de lutte le rendait soucieux et il avait parfois des distractions dont Isabelle faisait son profit. Elle ne se doutait pas que sa cousine y fût pour quelque chose: car, au salon, Ernest ne s'occupait pas de Marie.

VII

TRANSFORMATION DE L'USINE

Dès qu'Hector eut pris la place de son oncle, M. Bonarel connut le loisir.

Le brave homme pouvait, en vendant sa fabrique, se procurer plus tôt ce repos auquel il aspirait si ardemment depuis six semaines. Mais les charges qu'il imposait éloignaient les acquéreurs. D'autre part, l'usine lui tenait fort à cœur, et il maintenait toujours ses prétentions.

Cependant, quand le poids des affaires devenait trop lourd, il se plaignait amèrement à sa femme, disant « qu'il était plus malheureux que le dernier de ses ouvriers. »

— Eh bien! mon ami, répondit Mme Bonarel, vends l'usine. Ne sommes-nous donc pas assez riches!

— Vendre!... vendre!... sans doute, mais cela ne suffit pas. Je voudrais voir ce produit de mon travail entre bonnes mains, et c'est difficile. Des Français n'en conserveraient pas l'unité; ils en feraient des établissements de vingt genres différents, et cette spéculation amènerait la ruine, parce qu'alors on ne pourrait agir sur une grande échelle. Cette pensée me chagrine... Vendre à des Anglais, jamais!...

J'attends une circonstance qui concilie tout; peut-être se présentera-t-elle.

L'arrivée des neveux de M. Bonarel avait été la circonstance tant attendue. Comme nous l'avons vu, le digne homme s'était empressé de la saisir.

Hector était un garçon entendu, qui paraissait au-dessus de sa profession.

Ernest, avenant, beau parleur, plein d'aplomb, avait les qualités qui attirent la commande.

M. Bonarel était donc fier de son choix. Le contentement qu'il en éprouvait épanouissait son visage.

Il laissa faire Hector; mais il ne perdit pas de vue le jeune homme.

Hector, laborieux, pratique, ne s'aventurait qu'une fois sûr de lui; il évitait avec soin de perdre, en vaines tentatives, un temps dont il connaissait le prix.

Il parcourut l'usine, il examina son matériel, se rendit compte des moyens de fabrication et de la façon dont la main-d'œuvre était répartie, dirigée.

Le résultat de cet examen fut que les bénéfices pouvaient s'accroître et le taux des salaires s'élever.

On brûlait trop de charbon, sans utiliser l'eau qu'on avait en abondance. Ce manque d'équilibre provenait du peu de pratique de M. Bonarel.

Hector comprit qu'il y avait beaucoup à faire, mais il n'en dit rien. Au contraire, il approuva, admira tout.

Il devait agir ainsi jusqu'à ce qu'il eût trouvé le remède, n'étant pas de ceux qui disent toujours: « Cela est mal, » sans pouvoir dire jamais: « Ceci serait mieux. »

Sa délicatesse lui commandait d'ailleurs le silence; il n'oubliait pas que M. Bonarel avait pendant vingt ans dirigé l'usine. Il devait trouver un moyen de concilier l'amour-propre de son oncle avec les modifications qu'il se proposait d'introduire dans les ateliers.

Il ne cherchait pas, — comme l'eût fait très probablement Ernest, — à se poser en homme indispensable: Hector était modeste.

Ne voulant rien brusquer, Hector ne bouleversa pas l'usine et n'entama pas plus de besogne qu'il n'en pouvait faire.

Malgré cette discrétion M. Bonarel s'aperçut de tout, et fut heureux de voir son neveu corriger les fautes de son ignorance. Hector réunit les eaux et les utilisa pour l'arrosage des jardins. La machine hydraulique qu'il fit construire coûta peu, et l'économie du charbon fut notable.

A l'aide de deux ou trois inventions ingénieuses il perfectionna l'outillage, et s'arrangea de manière à restreindre le travail à bras. On fabriqua davantage; le nombre des ouvriers ne fut pas augmenté et les bénéfices s'accrurent.

M. Bonarel était ravi.

Hector lui proposa, comme conséquence immédiate de ce progrès, de réduire d'une heure la journée des ouvriers et d'élever leur salaire.

M. Bonarel accueillit avec la meilleure grâce du monde la proposition de son neveu.

L'industriel aimait et estimait ce monde de travailleurs, dont il appréciait les services.

Ce ne fut pas tout.

Hector, après avoir transformé les marteaux,

créa un monte-charge et découvrit tout un ensemble de procédés qui simplifiaient le travail en l'accélérant.

Le jeune homme donna ainsi en peu de temps une grande extension à la fabrique.

Chéri des ouvriers, qu'il traitait en camarades, tout en s'occupant sérieusement de leur bonheur, il s'acquit bientôt des droits incontestables à l'affection et à la reconnaissance de son oncle.

— Bon ! s'écriait ce dernier, voilà monsieur mon neveu, qui va me forcer à reprendre le collier du travail ! La maison devient si importante, qu'il ne pourra plus l'administrer tout seul !

M. Bonarel, enchanté de tout le monde et de lui-même, ne pensait plus qu'à chanter les louanges d'Hector.

VIII

LUTTE INTÉRIEURE

Cependant, à de certains moments, Hector devait faire appel à toute son énergie. Son amour et son travail se disputaient sa vie.

La nuit, il luttait ; le jour, il se multipliait.

Il allait à la fonderie, à la forge, à la scierie, au séchoir, à la caisse et dans les bureaux. Il était partout, surveillait tout, essayant ainsi de briser l'étreinte qui le tuait.

Le mobile qui conduisait Ernest vers mademoiselle Bonarel en éloignait Hector.

Si Isabelle avait été pauvre, Hector eût triomphé de sa timidité.

Il se faisait donc une loi de rester dans l'ombre, d'étouffer le sentiment qui le rendait fou, de réprimer l'audace de ses regards.

A de certaines heures, il se sentait pris de vertige ; il voulait fuir, quitter l'usine. Mais toujours il était retenu par un aimant invisible. Ouvrir son cœur à son oncle lui paraissait absurde. Du reste, M. Bonarel voulait marier sa fille « en dehors des relations commerciales. » Son neveu n'avait pas oublié cet aveu, et il le prenait à la lettre.

Hector était donc bien malheureux, quoiqu'il s'efforçât de n'en rien laisser voir. Il savait répondre à sa tante qui le questionnait sur sa pâleur. La bonne femme ajoutait foi aux explications de son neveu, et tout était dit. D'autre part, il avait l'air si calme, si paisible, qu'il était difficile de deviner la vérité.

La pensée qu'Isabelle ne l'aimerait jamais l'attristait cruellement.

Il se mit à envier Ernest, qui avait le don d'appeler le sourire sur les lèvres d'Isabelle.

Il s'en voulut de sa timidité ; il regretta de n'être pas beau ; il se jugea et reconnut qu'il avait tout ce qu'il fallait pour n'être pas aimé.

Cette impression mit le comble à son désespoir.

Il n'avait que son cœur à offrir et il ignorait la façon de le présenter ; il ne pouvait pas exprimer ce qu'il sentait. Les mots lui manquaient.

Il ne savait que se taire et admirer, et cela ne lui suffisait pas.

Pauvre Hector ! en se trouvant si simple et si emprunté il pleura. Il regretta sa misère, la montagne avec ses précipices, ses torrents, son sac de contrebande et son bâton ferré. Il revit à son bras Marie, gazouillant comme l'hirondelle, qui venait chercher un refuge sous son toit. Il revit les sentiers verts bordés d'œillets rouges et d'ellébores, les buissons entrelacés de houblon ; il entendit le bruissement mélancolique des pins, qui lui faisait lever les yeux vers le ciel, comme pour y chercher l'incarnation de son rêve ; il se rappela la douceur paisible de ces promenades enfantines, au milieu des cris champêtres qui se répondaient dans l'air sonore. Ces visions aimées soulageaient son cœur ; après les avoir évoquées il se sentait plus tranquille.

Il pensait aussi à Genève, au bon orfèvre, si hospitalier. Là-bas, la tendresse de Marie lui suffisait ; il ne connaissait pas cette vie dévorante qui le consumait, cette espèce de puissance qui, de son propre fait, l'astreignait à la volonté d'une autre.

Il n'était plus libre, mais les liens l'enserraient seul...

Hector ne dormait plus, et il travaillait sans relâche.

— Mon cher Hector, lui dit un jour M. Bonarel, ménagez-vous, je vous en prie !...

— Je suis habitué au travail, mon bon oncle, répondit Hector avec un sourire triste.

Bien que le jeune homme aimât sans espoir, il n'avait pas le courage de se priver de la vue d'Isabelle.

Le soir, il arrivait toujours l'un des premiers au salon. La présence de la jeune fille semblait endormir ses souffrances.

IX

LE MAUVAIS ANGE

La nature avait agi en aveugle en donnant à Ernest l'audace et en la refusant à Hector. Ses iro-

Quand elle va voir ce qui pend au bout de certaine ficelle (page 27).

nies ont troublé plus d'une conscience et jeté la consternation dans plus d'un cœur.

Ernest, plein de lui-même, ne doutait de rien. Hector, humblement désintéressé de sa personne, doutait de tout.

Cependant, bien qu'il ne prît pas grand souci des affaires et des intérêts de la maison Bonarel, dont il était le représentant, Ernest, lui aussi, se montrait triste, préoccupé. L'ambition d'acquérir la fortune de M. Bonarel en épousant Isabelle le tourmentait sans relâche. L'amour qu'il éprouvait pour Marie le tourmentait plus encore.

S'il avait été maître de diriger les mouvements de son cœur, il eût fait bon marché de l'amour. Mais l'amour existe indépendamment de la volonté; il ne le savait que trop, puisqu'il avait résisté à la sienne.

De plus, la position fausse que lui créait sa passion l'inquiétait vivement, depuis surtout qu'un domestique avait eu connaissance des rendez-vous à la serre.

D'un autre côté, Marie le gênait pour faire sa cour à Isabelle; elle jalousait les attentions qu'il avait pour sa cousine.

Ses craintes, ses désirs le déterminèrent, pour en finir, à séduire Marie. C'était pour se guérir, selon lui, le moyen efficace. Cette lâcheté n'était pas difficile à commettre; il avait fasciné Marie, qui n'avait d'autre volonté que la sienne.

Donc, de ce calcul odieux, il espérait obtenir le double résultat que voici: Se débarrasser de cet amour insensé, et obliger Marie à fuir la maison de son oncle.

Cependant, tous les scrupules d'Ernest n'étaient pas levés, quand il reçut le billet suivant:

« Vous m'aviez dit que vous m'aimiez, et voilà « plus de huit jours que vous ne m'avez parlé!... « moi je vous aime à la vie, et à la mort.

« Marie. »

— Elle vient me chercher, dit Ernest, qui assimilait les désirs de Marie aux siens... C'est elle qui le veut; que sa volonté soit faite!...

Pourtant, après quelques minutes de réflexions, il fut obligé de repousser cette comparaison outrageante pour Marie. La jeune fille l'aimait avec toute la ferveur de son innocence. Il lui rendit cette justice. Mais était-elle à même de comprendre sa nature complexe à laquelle l'amour ne pouvait suffire, mélange impossible, où le bon ne formait que la partie infime? Non. Il devait donc être assez faussement chevaleresque pour lui laisser croire, au contraire, que l'amour tenait lieu de tout. A quoi bon d'ailleurs lui faire des révélations qui la mettraient au désespoir, qui pourraient retarder, sinon faire échouer son projet?... Et puis, après tout, ces belles révoltes qui contre lui-même se succédaient, comme dans la nature l'ordre des saisons, ces luttes, ces raisonnements, à quoi tout cela aboutissait-il, puisque c'était toujours le mal qui triomphait?

Au cercle de la *Dame de Pique*, Ernest sous les yeux de son malheureux père, ne s'était-il pas montré beau de colère et d'indignation? D'un geste superbe de mépris et de dédain, n'avait-il pas lancé son or à la tête des misérables dont il faisait le métier? Son impuissance pour le bien était manifeste. Or, cette sorte de pudeur, qui avait retardé la perte de Marie, pouvait-elle tenir longtemps sous la pression constante des convoitises déchaînées qui faisaient de la séduction un calcul odieux? Non.

Le billet de la pauvre jeune fille, tracé d'une main fiévreuse de bonheur, abrégeait le délai, rien de plus.

Séduire, du reste, une fille qui, en quelque sorte, venait s'offrir à lui, ne pouvait, après tout, être un cas de conscience pour ce misérable. C'était un mérite, une bonne fortune. Et il eut la lâcheté de se dire: « Si ce n'était moi, ce serait probablement un autre! »

Voilà ce que pensent des femmes les hommes comme Ernest.

Ils peuvent tout braver; l'opprobre n'est pas pour eux. Les lois qu'ils ont faites les protègent. Tristes hommes! pauvres cœurs! et pauvre société!

Ernest écrivit à Marie que, si elle lui accordait la faveur de se trouver dans la serre, à trois heures, il lui demanderait pardon à deux genoux.

Marie baisa ces quelques lignes avec transport. Puis, après le déjeuner, ayant pris un prétexte pour monter à sa chambre, à l'heure dite, elle était au rendez-vous. L'inquiétude, l'amour, avaient eu raison de sa timidité. En apercevant Ernest, elle alla, palpitante d'émotion, se jeter dans ses bras.

— Je ne me croyais plus aimée, dit-elle en le regardant avec ses grands yeux qui brillaient d'un éclat inaccoutumé.

— Méchante!

— Oh non! dit-elle avec une naïve franchise qui fit sourire Ernest; je crains que vous ne préfériez Isabelle, auprès de laquelle vous êtes si aimable et si prévenant!... C'est mal d'être jalouse! cependant je le suis. Elle est belle, n'est-ce pas? Et moi je ne le suis pas. Mais elle vous aime moins que moi!...

Jamais Marie ne s'était révélée ainsi. Ernest marchait de surprise en surprise.

Marie reprit:

— Elle n'aime que sa musique, que je compare aux belles choses que vous me dites quand nous sommes ici; car, au salon, vous ne vous occupez que d'Isabelle.

— Tu ne sais pas que l'amour se cache; que le grand jour lui fait peur!...

— Ah! dit Marie étonnée. Et pourquoi demanda-t-elle ingénument, pourquoi faites-vous une exception pour ma cousine?

— Parce que je ne l'aime pas.

— Dis-tu vrai, Ernest? s'écria Marie, dont la vie était suspendue aux lèvres du jeune homme.

— Oui. Je n'aime que toi!...

Deux larmes, deux perles, coulèrent le long des joues de la jeune fille. Elle contempla avec ivresse Ernest, qui s'était jeté à ses genoux...

X

LE JARDINIER POLICAR

Quand Marie sortit de la serre, elle trouva à la porte Policar, le jardinier, sur les lèvres duquel elle vit errer un sourire railleur. Elle rougit, elle se troubla.

Ce témoin lui apparaissait comme un châtiment, elle sentit quelque chose en elle qui lui reprochait sa conduite. Si le jardinier avait eu des doutes, l'attitude de Marie les lui eût enlevés. La jeune fille eut l'idée de retourner auprès d'Ernest pour lui dire de ne pas sortir, qu'on les épiait. Mais le courage lui manqua, elle s'enfuit en tremblant.

Ernest avait déjà payé le silence de Policar : moyen qui avait rendu vigilant notre homme, âpre au gain, et dont la cupidité vénale se lisait dans des yeux sans rayon. C'est ainsi, qu'au lieu de faire son travail, le jardinier s'était mis à espionner les deux jeunes gens, espérant retirer de sa surveillance plus d'avantages qu'à tenir le sécateur ou le râteau. Du reste, Policar avait un esprit diabolique. Ses camarades le disaient malin et rusé.

Ernest sortit à son tour. Il n'était pas inquiet comme Marie, il paraissait réfléchir. Il regardait le sol, et passa auprès du jardinier sans le voir. A quelques pas plus loin, il s'arrêta et, se croyant seul, il murmura :

— J'espère que c'est fini avec elle. A l'autre avec ses millions !

Un petit rire sec lui répondit. Ernest se retourna et aperçut Policar, tapi contre un thuya.

— Que fais-tu là ?

— J'attends votre sortie d'ici (il indiqua la serre) pour y rentrer, répondit Policar d'un air bête.

— Il parait que tu te livres à l'espionnage, Policar ?

— Eh ben ! et le mal à ça ? répliqua effrontément le rustre.

— Drôle ! dit Ernest en le menaçant.

— Je vais appeler m'sieu Bonarel, reprit le jardinier avec un air de bravache.

Ernest comprit qu'il était désormais à la merci de Policar.

— Ah ! reprit-il avec mépris, je commence à m'expliquer ton audace ; tu veux de nouveau vendre ton silence.

— Mon Dieu, ça n'est pas *in* mal, les pauvres gens, c'est besogneux...

— Comment mon oncle, dit Ernest, hors de lui, garde-t-il à son service un misérable comme toi ?

— Bah! tout n'est pas mauvais *cheux nous*. Le bon est à *votre* service; et si vous le voulez, je l'y mettrai dès ce soir. *J'sons* capable de donner de bons conseils, même un, pour rien : rec'mmandez donc à *mam'zelle* Marie de mieux se cacher quand elle va voir ce qui pend au bout de certaine ficelle.....

Et Policar tourna le dos à Ernest, dont l'étonnement était plus grand que la fureur.

Vers dix heures, on frappa discrètement à la porte d'Ernest; il alla ouvrir, et Policar entra.

Ernest, cette fois, fut intrigué. Le jardinier avait laissé sa bêtise chez lui.

XI

DÉLATEUR OU COMPLICE

— M'sieu Ernest, dit-il, y ne faut pas vous *étonner* de me voir *cheux* vous. J'y viens faire vos affaires et les miennes. Dame! quand on a une *mâchoire* et *in vent*, y faut en songer plus long que son nez. D'abord, combien voulez-vous me *dauner* pour que ma langue reste tranquille ? J'sais tout.

Ernest eut envie d'assommer Policar.

Néanmoins, il entra en négociation avec lui.

— Voilà tout ce que je possède, dit-il, en jetant sa bourse sur la table.

Policar attira à lui l'élégant contenant avec une pudeur et une mine dignes de Tartufe. Il poussa les anneaux d'argent et fit sortir des coins huit ou dix louis.

— C'est peu de chose, ça... deux cent quatre-vingts francs.

Ernest perdit patience.

— Là, là, dit Policar, ne nous fâchons point, j'allons tout à l'heure nous entendre. J'comprends qu'vous n'ayez point d'quoi m'satisfaire, mais j'avons des moyens qui nous viendront en aide. Vous épousez mamzelle Marie en cachette, mais c'est not' gentille mamzelle à nous que vous v'lez épouser pour de bon.

— Policar ! dit Ernest sévèrement.

— Bah ! bah ! j'entends. Mais j'*dis* la vérité... hum ! hum ! Tenez, m'ssieu Ernest, signez-moi là ce billet de dix mille francs. C'est pas cher ; un silence pareil, ça vaut vingt mille francs, dit le rustre en passant ses gros doigts spatulés dans ses cheveux roussâtres.

Ernest soupira, mais il signa.

— J'*suis* pas exigeant, reprit Policar en roulant les louis dans le billet, vous *m*'payerez ça après *vot'* mariage avec la fille du patron.

A présent, *m'ssieu* Ernest, *j*'veux vous servir pour tout de bon. *Mam'zelle* Marie, pas vrai, va passer *in ben* mauvaise nuit, car je l'y ai comme vous, fait *comprende* que j'savais tout. Eh ben, dans vote intérêt, y faut profiter de la frayeur que j'l'y cause. V's allez lui dire que j'suis *in* homme *pis* encore que je parais. Vous l'y parl'rez de ce billet de dix mille francs, de l'impossibilité où v's êtes de le payer. Et l'y direz que c't affaire la regarde *in* brin. Et l'y donnerez à entende (j'suis pas en peine de vous) qu'ils sont dans la caisse de l'oncle.

— Scélérat ! dit Ernest.

— Ah ! dame, à présent, c't affaire-là vous regarde, dit Policar en sortant.

Ernest était habitué aux influences malsaines, et, devant le danger qui le menaçait, il envisagea bientôt avec moins de répulsion l'infamie conseillée par le vieux bandit. Le procédé était horrible, mais, hélas ! il y avait longtemps qu'il avait commencé à se servir d'autres qui ne valaient pas mieux. Et puis ce moyen satisfaisait une partie de lui-même, qui était toujours en flagrant délit. Marie, coupable, serait ainsi obligée de fuir. Elle partie, Policar muet, Isabelle, il n'en doutait pas, l'épouserait.

XII

LA FUITE

Le lendemain, au déjeuner, Marie s'aperçut de la tristesse d'Ernest. Elle était triste aussi, la pauvre fille. La main hideuse de Policar avait soulevé le voile de son ignorance. Et, remplie de terreur à la vue de sa faute, elle avait passé la nuit à pleurer et à prier. Cependant, vers le matin, l'image d'Ernest s'était, à sa pensée, présentée si caressante, qu'elle crut avoir fait un mauvais rêve. Allégée du poids qui l'oppressait, elle était descendue presque gaie. Le sourire appelé par le souvenir d'Ernest disparut en présence du jeune homme. Marie, à la dérobée, remarqua que, malgré les invitations répétées à satiété de la bonne madame Bonarel à faire honneur au déjeuner, Ernest ne mangeait pas.

La pensée que ce pouvait être elle qui fermait cet appétit et assombrissait ce front aimé rendit son cœur gros. Ses craintes, ses terreurs de la veille la reprirent. Elle songea à l'affreux Policar, qu'elle rendait responsable de cette tristesse, et elle se sentit défaillir.

— Mignonne, lui dit Isabelle, pourquoi ne manges-tu pas ?

Marie tressaillit. La sollicitude si tendre d'Isabelle (elle ne sut pourquoi) éveilla en elle quelque chose de lamentable, qui lui fit sentir qu'elle était indigne des attentions de sa cousine.

Après le déjeuner, Isabelle se mit à son piano, et Marie, au lieu de s'asseoir auprès de sa cousine comme elle avait l'habitude de le faire, sortit. Cette sortie ne fut pas remarquée ; chacun vivait à sa guise chez M. Bonarel.

Marie, oppressée, suivit Ernest dans le jardin, et l'aborda ainsi :

— Que s'est-il passé ? Qu'avez-vous ?

— Je suis désolé, répondit le jeune homme d'un air à faire croire qu'il était sincère. Ce misérable Policar a fait des menaces !

Marie sentit ses jambes ployer.

— Mon Dieu ! s'écria-t-elle en se voilant le visage de ses mains.

— La cupidité de ce rustre est sans bornes...

Alors Ernest raconta à sa façon son entretien avec Policar.

— Ah ! c'est moi, dit Marie avec désespoir qui ai fait ton malheur, Ernest!

— Pauvre Marie, je n'ai pas à t'accuser, tu m'as rendu heureux et je t'aime.

Marie, à travers ses larmes, sourit.

— Voilà ce que j'ai pensé, dit Ernest d'un ton dégagé, je prendrai ces dix mille francs sans rien dire à mon oncle et les lui remettrai de même.

— Non, non, dit Marie avec terreur, ce serait une mauvaise action. Ne t'occupe de rien, je sais ce qu'il me reste à faire... Je vais partir...

A ces mots, Ernest devenu infâme, eut le courage de presser Marie sur son cœur. Elle lui dit tendrement :

— Que ne ferais-je pour toi ? mon cœur est plein d'amour et de dévoûment. Tu m'aimes, n'est-ce pas ? et tu m'aimeras toujours !... Oh ! répète, répète-moi les serments que tu m'as faits ! qu'une dernière fois je les entende!...

Et Marie fondit en larmes.

— Adieu ! adieu ! reprit-elle bientôt, et elle s'enfuit.

Marie monta à sa chambre, affolée de désespoir.

— Quitter Hector, Isabelle, ma bonne tante, mon vieil oncle, — disait-elle en versant un torrent de larmes, — c'est affreux ! Je les sacrifie à Ernest, eux que naguère j'aimais uniquement !... Ah ! je suis bien coupable ! Mais que faire ? que faire ? Je l'aime lui seul, plus que mon frère et que mes bons parents ; je lui dois donc tout, puisqu'il remplace tout pour moi...

Et Marie se tordait les mains avec désespoir, quand un frôlement de papier attira son attention. En se retournant, elle aperçut une lettre qu'on venait de glisser sous sa porte. Elle la ramassa vivement et lut ce qui suit :

« Mademoiselle,

« J'ai pénétré vos secrets galants ; vous avez dû « le comprendre, hier, lorsque vous êtes sortie de « la serre. Sans me faire juge de votre conduite, « j'ai déclaré à votre amant, dans une entrevue

« que j'ai eue hier soir avec lui, que je mettais mon « silence au prix de dix mille francs.

« Il m'a promis cette somme.

« Quelque singulière que puisse vous paraître « ma conduite, je dois vous avertir que je ne man- « querai pas cette occasion de faire ma fortune, « et que je ne rabattrai pas un centime de la « somme indiquée. Ainsi donc, si vous voulez que « tout le monde ignore votre conduite et que votre « déshonneur reste un mystère, veuillez décider « M. Ernest à me payer les dix mille francs le « plus tôt possible.

« Je lui donne trois jours pour acquitter cette « dette, et compte sur votre empressement à tous « deux.

« Je vous salue. « POLICAR. »

On devine l'auteur de cette lettre, signée *Policar*. Ernest, pour maintenir Marie dans sa résolution, avait cru devoir imaginer ce lâche stratagème.

Pour deux raisons, le jeune débauché désirait cette fuite. Elle mettait Marie à sa merci, car malgré tout il la désirait toujours. D'autre part, elle ne le gênait plus dans ses assiduités auprès d'Isabelle.

Après la lecture de cette lettre, Marie rougit. La honte et le remords se partagèrent son cœur, et ce fut en proie à une vive impatience que, pour partir, elle attendit la tombée de la nuit. Elle mit dans une serviette un peu de linge et prit les menus objets qu'Isabelle lui avait donnés. Elle n'oublia pas sa petite croix, dont elle aimait à se parer dans la montagne. Elle embrassa tendrement le petit bijou, qui parlait à ses souvenirs et évoquait l'image de son enfance. En le regardant, en le contemplant, la pauvre Marie sentit sa résolution faiblir; elle se représenta le chagrin que son départ causerait à Hector (autrefois le « cher petit frère »); mais, après l'odieuse lettre qu'elle venait de recevoir, rester lui parut impossible.

Aussi, quand la nuit fut arrivée, Marie, qui voulait sortir les mains libres, jeta son paquet par sa fenêtre qui donnait sur une rue déserte.

Alors, elle descendit l'escalier précipitamment, traversa la cour d'un pas rapide et arriva sans rencontrer personne au petit corps de bâtiment isolé, qui, en avant de toute construction, formait la loge du concierge.

La grande porte de l'usine était encore ouverte. Les jours étant devenus courts, les ouvriers avaient commencé leur veillée et l'on ne fermait que quand ils étaient partis.

Marie sortit.

Prête à franchir le seuil de la fabrique, elle s'arrêta pour dire adieu à cette demeure qu'elle croyait ne plus revoir. Puis elle se dirigea vers l'endroit où elle comptait retrouver son paquet.

Marie, partagée entre ses terreurs et ses regrets, tout entière à son dévouement, n'avait pas réfléchi à la conduite si singulière d'Ernest. Comment cet homme l'aimait et il la laissait partir seule! Il n'avait seulement pas cherché à savoir si sa fuite cachait un projet de suicide! (Disons bien vite que Marie n'avait jamais, il est vrai, songé à mourir.) Mais elle était sans argent, sans protection, jeune, belle... Ah! comme sont surprenantes les situations diverses qui changent les affections de notre cœur et qui aveuglent notre intelligence!

Marie, courant à l'aventure, marchant devant elle, ne sachant ni où aller ni où s'arrêter, proscrite, bannie par elle-même, ne pensait même pas qu'elle laissait Ernest auprès d'une rivale; il y avait quelque chose de sublime dans sa folie et d'audacieuse énergie dans son inconsciente résolution. Marie avait le cœur tendre et l'âme virile. C'était la fleur sauvage aux parfums doux, à la tige robuste, aux couleurs vermeilles. Son esprit était dans la nuit, son cœur dans le désespoir, et cependant la lueur absorbante de l'amour endormait l'un et l'autre : son cœur avait des élans de bonheur; son esprit, des échappées de lumière.

La rue où elle s'engageait était sombre, étroite et, nous l'avons dit, déserte. D'un côté, se trouvaient les hauts murs de la fabrique; de l'autre, des maisons de pauvre apparence. Adossé au mur de l'usine se trouvait suspendu un réverbère qu'on venait d'allumer. Sa lueur rougeâtre avait, dans la nuit, des reflets sanglants. Le vent secouait la boîte qui grinçait en larmoyant sur ses poulies rouillées.

Marie, tremblante comme la feuille qui se détache de l'arbre, dans ce silence lugubrement troublé par le va-et-vient du méchant fanal, crut entendre un autre bruit. Elle s'arrêta et prêta l'oreille. Bientôt, sur le pavé inégal, elle distingua un bruit de pas cadencé par un chant bizarre. C'étaient des zigzags de voix sans nombre; malgré cela, on sentait que le chanteur faisait en vain beaucoup d'efforts pour aller droit et juste : *A boire, enfants! à boire!* et puis toujours la même chose.

En écoutant ce chant extraordinaire, la jeune fille fut épouvantée. Elle n'avait pas songé aux rencontres; ce fut une révélation, et elle commença à comprendre le danger qu'elle courait. Tout à coup aussi les ténèbres l'effrayèrent. Retourner chez son oncle, elle n'en avait pas le courage; avancer, la frayeur la clouait à sa place. Soudain le silence se fit. Pensant que le chanteur avait pris une autre direction, elle regarda et ne vit rien. Elle fit quelques pas, écouta encore; rien. L'inconnu avait disparu comme par enchantement.

Alors, un peu rassurée, elle glissa, plutôt qu'elle ne marcha, vers ce malheureux paquet, qu'il lui tardait de saisir. Il était tombé sur la partie du sol où se reflétait la lueur du réverbère.

Marie n'avait plus que deux pas à faire pour s'emparer du paquet, quand une masse noire sortit de l'ombre et se précipita dessus. Les deux mouvements, en sens opposés, furent simultanés; pendant que l'individu se baissait, Marie se redressa. Il en résulta un heurt qui fit pousser à la jeune fille un cri d'effroi.

L'homme et Marie étaient sous le réverbère; ils se trouvaient en pleine lumière.

L'inconnu toisa la jeune fille, se mit à sourire et dit d'une voix avinée :

— Ah! ma petite, malgré les ordonnances de la police, tu te mets en tête de faire des affaires hors du quartier qui t'est désigné.

Marie ne comprit pas ce langage.

— Qui t'a permis de travailler dans ce quartier? demanda encore l'ivrogne.

Marie remarqua que son singulier interlocuteur portait une hotte à moitié pleine et un crochet. C'était un chiffonnier dans l'exercice de ses fonctions. Ce visiteur des rues s'était privé des ressources de sa lanterne qu'il avait échangée contre quelques litres de vin. C'était un ivrogne, mais au fond un honnête homme.

— On est donc muette? dit-il en regardant plus attentivement Marie, dont il avait pris la main. Il comprit, après cet examen, qu'il n'avait pas affaire à une de ses *confrères*.

— Je ne vous ai pas compris, dit Marie tristement.

— Que faites-vous ici, à pareille heure, mademoiselle? dit alors le chiffonnier.

A cette brusque question, Marie se troubla.

— Je ne sais où je vais, dit-elle en pleurant.

Marie fut si vraie, que le chiffonnier se sentit ému devant ses larmes.

— Qu'est-ce que vous avez, mademoiselle, des chagrins?

— Hélas! s'écria Marie, qui ne savait que répondre.

— Les chagrins, ça me connait. Parlez sans crainte. Mais qu'est-ce que c'est que ce paquet?

— C'est du linge, dit Marie.

— Mais comment ce paquet se trouve-t-il ici?

Marie garda le silence.

— Enfin, reprit le chiffonnier, vous ne dites rien, c'est que vous ne voulez rien dire. Vous êtes libre, mademoiselle; mais, si je puis vous rendre service, parlez.

Marie, en effet, avait grand besoin d'aide et surtout de guide.

— Je suis seule à Lyon, que je ne connais pas, et je ne sais où me loger, dit-elle.

Le chiffonnier avait deviné son embarras.

— Allons, je vois ce que c'est. Vous avez eu affaire à quelque gueux qui, ayant obtenu de vous ce qu'il désirait, vous congédie. C'est ainsi qu'ils font tous, les gredins! Ils ont exploité votre ignorance, votre bonne foi. Ils savent si bien leur métier!

Marie aurait voulu que le sol s'ouvrît pour l'engloutir. Ne sachant que répondre, car elle ne savait mentir, elle courba la tête devant cette pénétration qui l'humiliait.

— Allons, mon enfant, ne vous désolez pas; il y a encore des cœurs qui vous recevront, ajouta le chiffonnier d'un ton paternel. Venez! je vais vous trouver un gîte pour cette nuit. Ce ne sera pas un palais, mais enfin vous serez chez d'honnêtes gens, et c'est le principal.

Le chiffonnier entraîna Marie, qu'il installa dans une petite chambre d'un maigre hôtel de la rue du Midi, près du chemin de Bechevelin.

Tant que la jeune fille avait marché à côté du chiffonnier, elle s'était sentie rassurée; mais, lorsque son protecteur improvisé l'eut quittée, elle sentit s'évanouir sa confiance, et son isolement l'effraya. Elle se demanda ce qu'elle allait devenir dans cet inconnu où elle s'était engagée. Elle regarda avec terreur cette chambre, qui était la première étape de sa honte, son ameublement flétri, son plancher grossier, sa glace terne, deux ou trois méchantes gravures accrochées à la muraille blanchie au lait de chaux... Alors elle se mit à pleurer.

La fatigue finit par triompher de la douleur; elle s'endormit.

Son sommeil dura jusqu'au matin; au réveil, elle éprouva une sorte d'hébétement. Elle voulut se lever; au premier mouvement, elle vit danser le lit, les chaises, le vieux canapé râpé. La malheureuse se crut folle. C'était tout simplement l'effet de la faim. Elle n'avait rien mangé depuis vingt-quatre heures.

Elle mit sa main devant ses yeux et se mit à songer à Ernest, mais sans amertume. Ce délaissement, cet abandon ne lui avait point ouvert les yeux. Il est de ces nobles créatures que la générosité aveugle pendant toute la vie. Pour Marie, Ernest avait bien agi; elle seule était coupable. En raisonnant ainsi, l'idée lui vint d'écrire à Ernest pour le prier, le supplier même de la venir voir.

Mais elle n'avait rien de ce qu'il fallait pour

écrire, et sa main tremblait. Se rappelant alors qu'elle avait faim, elle prit timidement le cordon sale de la sonnette et l'agita. Une vieille femme, l'hôtesse, se présenta.

— Ayez la bonté, lui dit Marie, de me faire donner une tasse de lait ainsi que du papier et de l'encre.

L'air honnête, la voix douce de Marie attirèrent l'attention de la vieille, et, remarquant la figure défaite de Mlle Bonarel, où se lisait une profonde tristesse, elle pensa à son tour ce qu'avant elle le chiffonnier avait pensé.

— Encore une, dit-elle en s'en allant, encore une qui vient de se perdre!

Marie, toute préoccupée, prit son lait à petites gorgées; puis elle voulut écrire à Ernest.

Sa tête était perdue; mais l'amour y suppléa. Elle retraça à son misérable séducteur, qu'elle appelait « le bien-aimé de son cœur », ses souffrances de la veille, augmentées de sa terreur, de sa crainte, sa rencontre, son embarras d'elle-même, et combien, pour lui rendre supportable sa triste position, elle avait besoin de le revoir. Lui seul était capable de rappeler son courage.

Cette lettre arriva à Ernest vers le soir. Il se rendit aussitôt aux désirs qu'elle exprimait.

Quand on frappa à sa porte, Marie était assise au fond de la chambre, le regard baissé et les bras pendants. Elle se dressa comme si elle venait de recevoir une secousse électrique. Ces deux coups discrets frappés d'une main légère, avaient vibré en elle; tout son sang refluait vers son cœur. Prise de vertige, et pour ainsi dire galvanisée, elle alla ouvrir.

C'était Ernest!

Marie, dont les forces étaient arrivées au point extrême où la limite ne peut être dépassée sans accident, Marie, à la vue d'Ernest, poussa un cri, un seul, et éleva ses bras pour entourer le cou du jeune homme. Mais ses bras retombèrent tendus; son corps se pencha en arrière : elle s'affaissa.

Ernest, après l'avoir déposée sur le canapé, s'évertua tant bien que mal à lui faire reprendre connaissance.

Marie ouvrit bientôt les yeux; elle vit Ernest qui tenait ses mains dans les siennes. Le jeune homme se pencha et couvrit de baisers les beaux yeux de la brune enfant.

— Que je suis heureuse! que je t'aime! s'écria Marie.

— Pauvre ange! répondit Ernest.

Après cette effusion, Marie demanda à Ernest si Policar avait parlé.

— Non, non! se hâta-t-il de répondre. Je crois même qu'il ne parlera pas.

— Hector?... demanda Marie avec chagrin!

— Ils sont inquiets... tous... bien inquiets... mais que veux-tu, ma chérie?... Écoute-moi, maintenant. J'ai des torts envers toi...

— Non, si tu m'aimes!... interrompit Marie.

— Je les veux réparer, reprit Ernest. Tu ne peux rester dans ce bouge, toi habituée depuis quelque temps au luxe; permets-moi de t'offrir l'hospitalité.

— Je n'ai pas été élevée dans le luxe, moi, Ernest, mais dans le strict nécessaire... quelque chose encore de pis. Je ne tiens donc pas à tout cela. Puisque je suis depuis ce matin arrivée à comprendre que je suis indigne de l'affection d'Hector et de mon oncle, je ne tiens qu'à ta tendresse. Je ferai ce que tu voudras, puisque tu es l'arbitre de ma vie. Oui, je ferai ce que tu voudras, mais, je t'en prie, cache-moi bien.

Marie entrait de plain pied dans les vues d'Ernest. Il épouserait Isabelle, mais sans perdre Marie.

Il loua, rue Mercière, un joli petit appartement et y installa Marie.

La jeune fille ne pensa pas à lui demander où il prenait l'argent nécessaire à ces dépenses. Elle acceptait bijoux, dentelles, pour faire plaisir à celui qu'elle aimait, ne voulant se parer que pour lui.

Ernest était son Dieu.

Le jeune homme, pour entretenir ce luxe dont il comblait Marie, s'était de nouveau remis à jouer. Il avait retrouvé un des gredins du cercle de la *Dame de pique*, chez lequel nous allons introduire le lecteur.

DEUXIÈME PARTIE

I

L'ANGE DU MAL

Ganavas, l'ami d'Ernest, occupait dans la rue Centrale, au second étage, un riche appartement.

Au bout d'un long corridor sombre se trouvait le cabinet de travail de Ganavas.

La maison, pour ainsi dire, se dédoublait : une partie était attenante à une sorte de palais, dont la façade donnait sur la rue Centrale; l'autre, celle où se trouvait le cabinet, faisait partie d'une maison très modeste, donnant sur la rue Mercière.

Ganavas, avec cette maison, avait fait un long bail, à cause de ces deux issues.

Ce joueur, qui, à Montauban, avait enseigné à Ernest sa profession, tenait un tripot masqué du nom de cercle. Il s'occupait aussi d'usure. Cependant, le tracas des affaires n'altérait pas sa santé ; il se portait à merveille ; il avait la mine réjouie d'un rentier. Bien qu'il fût chez lui, Ganavas disait que, pour la maison, il n'était qu'un prête-nom, et qu'il obéissait passivement à son maître. Il employait cette ruse pour éconduire ceux qu'il ne voulait point paraître désobliger. Il riait souvent au dedans de lui-même de son aplomb. D'autre part, il se montrait aussi hautain, aussi impérieux pour les éconduits, qu'il se faisait humble et obséquieux pour les puissants... par l'argent.

Ganavas, qui, depuis son installation à Lyon, menait un train de millionnaire, était dans son cabinet, assis devant son bureau chargé de papiers quand on lui annonça Ernest.

— Faites entrer, dit-il sans se déranger.

Cela sentait un peu les grands d'Espagne, qui se couvrent devant le roi.

— Ah ! c'est toi, ajouta-t-il en s'adressant au nouvel arrivant sans détourner la tête.

Il continua pendant quelques minutes à aligner des chiffres, puis, avec un petit air railleur qui frisait l'impertinence, il tendit deux doigts à Ernest, qui n'osa refuser ce demi-témoignage d'amitié.

Alors, sans préambule, Ernest lui dit :

— Et ma traite ?

Ganavas, s'adossant à son fauteuil. regarda Ernest d'un air qui signifiait :

— Je te tiens dans mes filets.

Mon cher ami, dit-il ensuite d'un ton hypocritement affable, et en feignant quelque embarras, j'ai vu le patron, il te refuse ce renouvellement.

— Tu m'avais cependant fait espérer le contraire !

— Je t'ai fait espérer, reprit vivement Ganavas, parce que j'espérais, voilà tout. Moi, si j'étais le maître, je sais bien que je te rendrais le service que tu demandes.

Ernest sourit.

— Est-ce que le maître de *céans* ne serait pas toi ? Voyons, Ganavas, découvre-toi, mon vieux ; il n'en sera ni plus ni moins.

— Je ne suis pas le maître, reprit Ganavas d'un ton froid.

— Alors, ton maître, où est-il, que je lui parle ?

— Mon maître ne veut pas être connu, tu le sais. A quoi bon revenir sur ce sujet? répondit sèchement Ganavas.

— Alors, dis-moi pourquoi il refuse de renouveler ma traite de dix mille francs.

— Il prétend que ta position est mauvaise.

— C'est pour m'en tirer, de cette position mauvaise, dit Ernest ironiquement, que j'ai besoin de renouveler cette traite ! Si cela n'était, je ne lui demanderais pas de délai, je payerais et tout serait dit.

— C'est ce que je lui ai représenté, et sais-tu ce qu'il m'a répondu ? Que ta gêne n'était pas accidentelle du tout ; qu'elle était la condition d'une existence que tu ne te préoccupes pas de changer. « C'est à désespérer de lui, a-t-il ajouté, et lui rendre le service qu'il sollicite, c'est l'encourager dans la mauvaise voie où il est engagé. »

— Le prétexte de son refus est au moins singulier.

— Que veux-tu ? il prétend que tu n'épouseras pas ta cousine, et c'est sur ce mariage que tu comptes pour payer tes créanciers !

— Mais ce mariage est plus avancé qu'il ne croit !

— Cela peut être ; mais il prétend que tu dépenses beaucoup trop d'argent, que tu fais trop de folies et de... dettes.

— Est-ce que les conseils de ton maître ne sont pas pour quelque chose dans les reproches qu'il me fait ?

— Oui, il t'a conseillé de dépenser beaucoup d'argent, de te poser dans le monde, et il t'en a procuré les moyens en t'escomptant une traite signée « de ton oncle ». (Ganavas appuya sur le mot *oncle*.) Mais il t'a dit aussi de presser ton mariage.

— Allons, répliqua Ernest avec un geste de colère, ce sont là des paroles et rien de plus ! Ganavas, ton patron, — doublé de toi, — s'est rendu service en me prêtant les dix mille francs. A qui ont-ils profité ? Est-ce à lui ou à moi, qui n'ai plus aucune chance au jeu ? Si son tripot est fréquenté, à qui le doit-il ? Mon mariage, dont il se mêle, n'a rien à voir dans cette dette. Il le sait bien.

— Tu prends ça de haut, camarade ! dit Ganavas railleusement. Écoute, à présent, si le patron s'obstine dans son refus, que vas-tu faire ?

Ernest devina la pensée de Ganavas.

Il était pris et devait écouter son tentateur jusqu'au bout.

— Je te comprends, dit-il d'un air sombre. Mais Lyon n'est pas Montauban. Ceux qui jouent sont aussi adroits que nous !

Ernest parlait d'un ton calme, et cependant des souvenirs terribles l'assaillaient. Ses mauvaises actions, échelonnées sur le chemin de sa vie, passaient devant ses yeux. Il était allé du mal au pire. Après l'effraction du secrétaire de son père

venait la séduction; après la séduction et le vol, les faux. C'est ainsi que tout s'enchaîne. Il aurait voulu sortir du bourbier : il ne le pouvait. Pour faire disparaître une faute, il allait en commettre une autre. Une fois qu'on a franchi le seuil de la porte basse du crime, on franchit ceux de tous les crimes si la justice intervient...

Notre héros sentait cela un peu vaguement sans doute, mais enfin il le sentait. Laisser voir ce scrupule à Ganavas, s'était s'exposer à ses moqueries. Le misérable, lui, riait, appelant cyniquement les hésitations du nom de timide et peureux.

Ernest comprit que de ne pas obéir à l'insinuation de Ganavas qui était un commandement, c'était se perdre : le billet faux parvenait entre les mains de son oncle. Pour conjurer cette extrémité, que ne devait-il pas essayer? Ses succès l'acquittaient alors, et il sortait d'un mauvais pas.

— Eh bien ! reprit Ganavas, que décides-tu ?

— Je ne sais.

— Alors range-toi, marie-toi avec une gentille

ouvrière; laisse Isabelle à cet Hector, le rival dont tu m'as parlé et donne la liberté à ce charmant oiseau qui s'appelle Marie. Tu ne peux soutenir ton rang avec tes appointements de commis de la maison Bonarel. Change d'allures, travaille, mon cher, travaille : le travail est la loi du monde ; prends exemple sur moi...

Ernest sourit avec amertume.

— Je voudrais bien savoir, maître Ganavas ce qui motive de pareils sarcasmes ?

— Mon cher, dit Ganavas redevenu vrai, tu me fais pitié. Es-tu encore l'Ernest des bons jours, oui ou non ?

Ernest regarda Ganavas avec une curiosité mêlée d'effroi.

— Les scrupules sont bons, reprit Ganavas, pour ceux qui sont à l'abri du vent, de la misère ; ceux-là peuvent en avoir à leur aise. Si moi, Ganavas, j'étais né avec des rentes, j'aurais de ces petits remords de conscience comme les riches. Niais ! sois ce que tu voudras, si tu réussis ; si tu as de l'argent, tu es quelque chose ; on se découvre devant toi ; on t'appelle monsieur à la troisième personne. Si tu te fais conservateur de tes propriétés, on t'envoie à la Chambre. Tes enfants pourront être pairs de France ; les millions ! les millions ! c'est l'amour ! C'est le cœur ! C'est la conscience ! C'est le critérium de tout. Est-ce qu'on n'achète pas ce bagage moral avec eux ?

Et il ajouta avec mépris :

— Mais est-ce que tu peux comprendre ces grandes choses, toi, dont le talent ne consiste qu'à plaire aux femmes ? Que fais-tu de cette belle figure, si tu n'as pas de quoi la rehausser ? Tu n'as ni cœur, ni tête... Tu n'es bon à rien. Va, va rejoindre ton adorée, elle t'attend !

— Ganavas ! s'écria Ernest tout haletant.

— Eh bien ! quoi ? est-ce que je ne dis pas la vérité ? Que fais-tu de cette donzelle qui t'absorbe, qui te ruine ? Tu l'aimes. Belle avance ! A quoi cela te servira-t-il ?

— Ganavas !... Assez, ne m'achève pas. Je ne suis qu'une ruine, tu le sais. Laisse-moi au cœur cet amour qui est l'arrière-goût du bien. Je suis le fils d'un honnête homme, que j'ai tué.

Veux-tu donc que je tue aussi cette enfant que j'ai séduite ? Mais tu ne sais donc pas quel trésor je possède ; de quel dévouement Marie est capable? Si elle connaissait mes embarras, elle en mourrait. L'abandonner, est-ce possible ? Voyons, Ganavas, sous ce masque d'affreux scepticisme, tu as un cœur ! C'est à lui que je m'adresse.

Ganavas eut un sourire diabolique. Ses yeux, en regardant Ernest, se remplissaient de haine.

— J'ai dit, ajouta-t-il tranquillement. Ceci est du sentiment, fais-en à ton aise, mais n'oublie pas ta lettre de change.

La voix de Ganavas était devenue menaçante.

— Mais enfin, dit Ernest indigné, quel intérêt as-tu à me pousser à abandonner Marie ? Malheureux, je jouerai comme tu le désires; mais laisse Marie de côté, elle n'a rien à voir, elle, dans ce pacte odieux que j'ai conclu avec la honte. Elle n'est pas infâme, elle. Elle m'aime, voilà son crime.

— Elle te perd.

— Elle me sauve de moi-même.

— Allons, c'est bien, garde-la.

— C'est aujourd'hui le 13, reprit Ganavas froidement, ta lettre est payable le 15. Ne l'oublie pas, sinon elle sera présentée à M. Bonarel.

Ernest pâlit.

Ganavas s'était remis à aligner des chiffres.

— Cette lettre, l'as-tu ? dit Ernest à Ganavas.

— Non !

— Il me la faut, pourtant !

Ganavas releva la tête.

— Cette lettre de change est fausse, reprit Ernest d'une voix défaillante ; il me la faut !

— Elle n'est pas ici, répondit froidement Ganavas ; elle est chez l'huissier.

— Ganavas ! s'écria Ernest haletant, au nom de notre ancienne amitié, retire cette lettre des mains de l'huissier. Dans cinq jours, je te l'escompterai !

— Dans cinq jours !... j'en parlerai au patron.

— Mais cela n'est pas une promesse ! reprit Ernest avec désespoir.

— Au fait, puisque la lettre est fausse, dit Ganavas avec un calme féroce, le patron attendra, parce que M. Bonarel pourrait refuser de la payer.

Ernest se sentit soulagé.

— Merci ! dit-il, et il sortit.

Après son départ, Ganavas déposa sa plume et se frotta les mains :

— Ah ! tu aimes Marie, Ernest ! Moi aussi, je l'aime : à nous deux !...

II

APRÈS LE FAUX, LE VOL.

La disparition de Marie avait jeté la terreur dans sa famille. Celle-ci, épouvantée, croyait à un crime.

Hector, qui aimait tant sa petite sœur, était affolé de désespoir.

Au moment où M. Bonarel venait de décider qu'on avertirait la police de cette disparition, on reçut de Marie le billet que voici :

« Mon bien cher Hector,

« Mes bons parents,

« J'ai été forcée de vous quitter.

« Ne me cherchez pas.

« MARIE. »

Ce laconisme, au lieu de rassurer la famille, accrut son inquiétude.

Marie demandait qu'on ne la cherchât pas.

Pourquoi ?

Après la lecture de ces deux lignes, on se regarda avec consternation. Ernest était présent.

Quel motif avait obligé Marie à fuir ? On se perdait en conjectures, on supposait tout, sauf la vérité. Ernest paraissait partager l'inquiétude générale.

— Voyons, dit M. Bonarel, devons-nous tenir compte de la recommandation de Marie ? Quel est ton avis, Hector ? Le mien est de passer outre. Sa fuite mystérieuse a une raison qu'il nous importe de savoir.

— Mon oncle, répondit Hector avec désespoir, je connais Marie ; si elle défend qu'on la cherche, c'est qu'il y a danger à le faire. Obéissons-lui.

— Attendons, dit M. Bonarel en soupirant.

Isabelle, le mouchoir sur ses yeux, pleurait à chaudes larmes, car elle aimait sa cousine. Madame Bonarel essayait en vain de consoler sa fille.

Quinze jours après ce billet, on en reçut un autre, non moins laconique. Marie essayait de rassurer sa famille sur son sort.

Cette fois, tout le monde crut que Marie était entrée au couvent. On respecta alors la volonté de la jeune fille et l'on finit par s'habituer à son absence.

Isabelle reprit sa gaieté.

Hector seul resta triste et sombre.

— Mon bon cousin, lui dit un jour Isabelle, il faut vous consoler de celle qui a préféré le froid des cloîtres à notre amitié. Je regrette l'ingrate autant que vous. Mais enfin, puisqu'elle croit trouver le bonheur au pied des autels, j'ai puisé dans sa croyance, qui l'a rendue assez forte pour nous quitter, le courage de supporter son absence : faites-en autant.

Jamais la coquette fille n'avait parlé ainsi à Hector. Le jeune homme en fut attendri, et il remercia vivement sa cousine.

A dater de ce jour, Hector renferma au fond de son cœur cette nouvelle douleur. Le sourire éclaira son visage résigné.

Cette marque d'attention, à laquelle il fut si sensible, sembla lui faire comprendre qu'il pouvait, aussi bien qu'Ernest, aspirer à la main d'Isabelle.

Il eut alors un peu moins de défiance de lui-même. Un nouvel horizon s'ouvrit devant ses yeux et l'espérance présida à ses rêves.

Si son cœur saignait à la pensée de Marie, il s'épanouissait au souvenir d'Isabelle, à qui il osait maintenant parler quelquefois.

Ernest, depuis deux jours, lui laissait le champ libre. L'amoureux des millions avait des distractions ; il ne disait presque rien. Il fallait un mot piquant d'Isabelle pour le rappeler à lui-même.

L'échéance de la fatale lettre le préoccupait, l'agitait, l'affolait, le désespérait.

Il craignait Ganavas, qu'il avait quitté si troublé.

Ernest était monté dans sa voiture en trébuchant comme un homme ivre ; il avait lancé son cheval au galop dans le faubourg, fuyant les quais, que d'ordinaire il recherchait.

Le soir, après dîner, il monta dans sa chambre afin de prendre un parti.

Il s'assit découragé auprès de la fenêtre.

— Un faux conduit au bagne, dit-il, et j'en ai fait un!...

Il se leva brusquement et se mit à marcher avec agitation. Puis, s'arrêtant soudain :

— Comment faire ? s'écria-t-il. Je n'ai pas un sou, dans trois jours il me faudra dix mille francs... Avouer tout à mon oncle ? Pour me sauver de la honte il payera, il ira jusqu'à me pardonner. Mais il faut renoncer à Isabelle.

C'est impossible !...

Partir ? mais après ?

Ernest, malgré le trouble de ses idées envisageait non seulement le présent, mais l'avenir. Si à Lyon il ne trouvait pas le moyen de vivre avec six mille francs d'appointements, logé, et nourri, comment ferait-il ailleurs, privé de ces ressources?

Il se remit à marcher, repoussant successivement tous les moyens qui lui feraient perdre Isabelle.

A ce moment de surexcitation extrême, ses mauvais instincts bouillonnaient ; les millions dansaient devant ses yeux une sarabande éblouissante ; sa paresse lui criait que le travail était pour les « sots aux doigts spatulés ».

L'embarras de sa position lui faisait perdre la tête ; il vit flamboyer devant lui les conseils du misérable Ganavas : il était perdu !...

Il se dit que Ganavas avait affreusement raison. Sa logique était infernale, mais elle était vraie. On punit un gueux en haillons, mais on ménage un gueux bien vêtu.

Il méprisa le monde.

Il railla cette société qui se targue de parler et d'agir au nom de l'équité et de la justice.

Ganavas, railleur, sarcastique, devant lui apparaissait avec son sourire diabolique et sa familiarité révoltante, attendant sa proie.

Ernest pressa son front convulsivement.

Ganavas parlait en homme qui a visité les égouts du cœur humain. Ses habits, ses paroles, étaient imprégnés d'une odeur nauséabonde, mais naturelle.

Marie, sa protectrice, qu'il avait évoquée devant le bandit, s'évanouit de sa pensée comme un nuage vaporeux.

Son bon ange avait replié ses ailes.

Les pieds dans la boue, la tête dans la nuit, il s'écria :

— Allons, Ganavas, tu as raison, j'irai jusqu'au bout. Je suis trop avancé pour reculer. Je suis dans une impasse, il faut en sortir!...

Il s'assit de nouveau et se remit à songer.

Tout à coup, il tressaillit; ses yeux s'animèrent. Il venait de penser au vol.

Chez M. Bonarel, un vol était facile à commettre, le voleur étant le neveu, surtout.

Hector et Ernest ainsi que les employés de confiance, allaient à toute heure, dans les bureaux et le cabinet particulier du patron. Il n'y avait pas de consigne pour eux.

Les besoins du service exigeaient que les choses se passassent ainsi.

Il y avait deux caisses: un coffre-fort qui, dans le bureau du caissier, renfermait des sommes importantes, tant en numéraire qu'en valeurs de portefeuille. Un homme, dont la probité était acquise, gardait cette caisse qu'il ouvrait avec précaution et fermait de même.

Ce coffre-fort était inattaquable, Ernest le savait.

La seconde caisse, qui contenait les valeurs courantes, or et billets, était dans le cabinet de Bonarel.

La clef était toujours à la caisse, Ernest savait encore.

Tous ces détails en ce moment lui revenaient.

Le vol s'offrait pour ainsi dire de lui-même.

Mais le vide dans la caisse était difficile à dissimuler.

Ernest n'accomplissait pas d'acte sans en prévoir les conséquences. Il voulait bien voler, il y était décidé; mais il voulait être assuré de l'impunité. Il voulait que son acte fût imputé à un autre.

Ernest prenait toutes ces précautions pour épouser Isabelle. Vous souriez, lecteurs, c'est pourtant la vérité.

Mais, devant les millions, — car il épousait les millions, — il voyait le faux et le bagne. Et sa tête affolée se perdait.

Quand minuit sonna il descendit.

Il resta vingt minutes absent.

En rentrant dans sa chambre, il jeta autour de lui un regard investigateur, comme si le mal enfantait des témoins.

Il était pâle, tremblant.

Il posa sur la table une liasse de billets de banque qu'il se mit à compter. Il y avait 8,500 francs.

Ernest ouvrit un portefeuille et en retira des valeurs s'élevant à la somme de 17,000 francs. Il compléta la somme de 10,000 francs qu'il lui fallait et parut embarrassé du reste.

Son embarras ne dura pas.

Au lieu de se coucher, il resta auprès de la fenêtre, prêtant l'oreille au moindre bruit.

Sa fenêtre donnait sur la cour qui séparait les bâtiments d'habitation de la fabrique.

Et c'est cette cour qu'à six heures Hector devait traverser pour se rendre à l'usine.

Ernest, sans bouger, attendit cette heure.

Aussitôt qu'Hector fut entré dans l'atelier, Ernest se rendit dans la chambre du contre-maître et y déposa le portefeuille compromettant.

Ce second crime lui coûta moins que le premier.

Il haïssait Hector qu'il considérait comme un rival dangereux, bien que ce rival fût laid et gauche.

Mais M. Bonarel avait une préférence marquée pour Hector, et Isabelle semblait, pour le jeune homme, avoir vaincu sa répugnance primitive.

Ces découvertes avaient irrité Ernest, et l'on comprend que, dans la perte méditée d'Hector, il y avait de la vengeance.

Vers neuf heures, Ernest se présenta chez Ganavas.

Il était radieux.

— Tu es déjà en mesure ! lui dit Ganavas.

— Cela te surprend ?

— Rien ne me surprend, repartit Ganavas d'un air fat, j'admets la possibilité de tout.

Ernest compta les dix mille francs pendant que Ganavas cherchait la lettre de change dans ses paperasses.

— Voici ton faux, dit Ganavas en tendant le billet à Ernest, qui le saisit avidement... Cet argent, tu l'as volé à ton oncle.

— Tu es payé, répliqua Ernest avec une insolence qui s'alliait bien avec l'affront qu'il venait d'essuyer... Le reste me regarde.

Ernest sortit.

— Et moi aussi le reste me regarde, dit Ganavas en souriant.

III

L'ARRESTATION D'HECTOR

L'engagement que Ganavas avait remis à Ernest n'était pas le véritable.

Avec beaucoup d'adresse, Ganavas avait fait un faux du faux. Il avait, à s'y méprendre, imité la signature du faussaire.

Ganavas avait une idée, un projet.

....

Ce ne fut que le lendemain matin du vol que M. Bonarel s'aperçut de la disparition des vingt mille francs que renfermait sa caisse.

Il considéra avec stupéfaction le fond du tiroir et s'écria :

— Vide !... un voleur ici !...

Cependant, quand il fut un peu remis de son émotion, ce soupçon lui parut absurde.

Le personnel qu'il avait choisi lui donnait depuis longues années des preuves de probité inaltérable. Quant à ses deux neveux, il n'y pensa pas. Il crut à l'audace de quelques malfaiteurs du dehors... Cependant nulle part il n'y avait trace d'effraction. Sur l'appui de la fenêtre, pas d'érosion. Les vitres étaient intactes.

M. Bonarel, après ce court examen, demeura interdit.

Il ouvrit machinalement le tiroir : Rien.

La familiarité avec laquelle le voleur avait traité son cabinet était révoltante. Quel était ce personnage qui avait le don de forcer les serrures sans laisser de traces ?

Le vol se compliquait par l'absence même de ses caractères ordinaires. Au quinzième siècle, on eût cru aux « revenants voleurs. »

L'impuissance de M. Bonarel à expliquer ce détournement le conduisit à l'usine, où il apprit ce qui était arrivé.

Cette nouvelle troubla, surprit, agita tout le monde.

Après quelques instants donnés à la stupeur, les ouvriers demandèrent spontanément une enquête.

— A quoi toutes ces formalités aboutiront-elles ? Le voleur est déjà loin, sans doute, dit l'oncle d'Hector.

— Maître, dit alors un des ouvriers, votre délicatesse, votre générosité nous touchent. Nous comprenons le motif de votre refus. Mais, dans notre intérêt, pour notre honneur, nous exigeons cette enquête. Nous sommes plusieurs ici sur lesquels pèse une responsabilité spéciale. Il faut savoir qui a commis le vol. Négliger cette affaire serait dangereux. Le voleur, assuré pour une raison ou pour une autre de l'impunité !... y songez-vous, maître ?

— Pierre a raison, dit Hector.

Les paroles de l'ouvrier avaient paru impressionner M. Bonarel, qui ajouta cependant :

— Mes amis, pourquoi cette insistance ? Je sais que le voleur n'est pas parmi vous !

— Mon oncle, eut l'audace d'objecter Ernest, c'est pour l'opinion que Pierre, au nom de ses camarades, vous demande l'enquête.

Personne ne souffla mot. L'instinct des ouvriers était éveillé, comme l'est le flair du chien de chasse par les traces du renard ou du loup.

M. Bonarel, acquiesçant aux désirs pressants de son personnel, alla chercher le commissaire de police.

Les appartements du maître furent fouillés comme ceux des ouvriers. Puis on visita la chambre d'Ernest ; enfin celle d'Hector. Pierre voulut s'opposer à cette dernière visite ; mais Hector, tranquille, souriant, lui dit :

— Laisse, ici il n'y a pas de privilège.

Hector ouvrit les meubles. Il en retirait ses vêtements, lorsque, de la poche d'un paletot qu'il retournait, glissa à terre une liasse de billets de banque.

Hector, hébété, regarda un instant les valeurs ; puis d'un œil agrandi par la surprise, il promena sur le groupe qui l'entourait un regard significatif.

Il y cherchait un ennemi.

Ce regard, où se lisait l'honnêteté indignée, fut saisi et interprété aussitôt. Tous, sauf Ernest, s'écrièrent :

— Nous vous comprenons ; vous êtes au-dessus du soupçon. Un ennemi est venu apporter cela ici !....

Alors, comme obéissant à un courant électrique, tous les yeux se tournèrent vers Ernest, qui pâlit légèrement. Cependant, il n'y eut aucun murmure. Et ce fut au milieu d'un silence que la gravité de la découverte rendait presque solennel qu'Hector put dire :

— La présence, ici, de ces billets, je le déclare, est pour moi inexplicable.

L'homme de police, habitué à lire les crimes sur les figures des coupables, considéra Hector dont le regard fier et le front haut attestaient l'innocence ; puis il regarda Ernest dont la contenance embarrassée, malgré son affectation à la rendre naturelle, éveillait le soupçon. La pensée du magistrat essaya de chercher dans une rivalité l'explication de cet acte de lâche indélicatesse.

Mais, dans ce cas, la somme entière se retrouverait, et, pour la compléter, il faudrait dix mille francs. Le rival était doublé d'un voleur.

Tout le monde comprit cela.

L'accusation indirecte qui pesait sur Ernest était complexe. Il pouvait être infâme, mais non voleur.

Qui alors avait déposé là ces billets? Une main familière et ennemie; on ne pouvait sortir de là sans tomber dans l'absurde. Un voleur de profession ne se fût pas conduit de cette façon.

— Monsieur le commissaire, dit M. Bonarel, n'allons pas plus loin. Le procès-verbal que vous dresseriez ne me rendra pas mon argent. Vous voyez, mes amis, ajouta-t-il avec désespoir en s'adressant aux ouvriers, vous voyez que j'ai eu tort de vous obéir.

— Mon oncle, dit Hector, vos regrets sont blessants pour moi.

— Mon cher enfant, dit M. Bonarel en se jetant au cou de son neveu, tu es sous le coup d'une accusation terrible.

— Quand la conscience est tranquille, mon oncle, on ne craint rien.

— Monsieur a raison, dit le commissaire à Hector.

Puis, se tournant vers M. Bonarel :

— Je regrette de ne pouvoir me rendre à vos désirs ; je dois faire mon devoir, c'est-à-dire constater qu'une partie du vol de vingt mille francs commis à votre préjudice a été retrouvée dans la chambre de M. Hector Bonarel, votre neveu.

— Mais, s'écria Pierre avec indignation, arrêter un innocent est injuste! Ces dix mille francs ont été apportés ici par haine, par vengeance. Cela ne fait pas l'ombre d'un doute. Si la loi ne tient compte d'une circonstance semblable, elle est inique. Morbleu! s'il faut que cette loi-là prenne quelqu'un au collet, eh bien qu'elle m'empoigne! cette substitution n'ajoutera rien à son iniquité!...

— Pierre, dit Hector en s'avançant auprès de l'ouvrier dont il serra la main, tu es un brave cœur, un digne frère. Je te remercie de ton dévouement qui me donne ainsi une marque de ton estime, de ton amitié; mais, mon ami, calme-toi, je suis un homme, un citoyen. Mon courage est à la hauteur du coup qui me frappe.

— Monsieur le commissaire, dit Hector, faites votre devoir. Les preuves matérielles sont là, les apparences me condamnent.

Mes amis, mes frères, ajouta-t-il en se tournant vers les ouvriers, merci!

— Et tu crois, dit M. Bonarel, que je souffrirai que toi, le meilleur sujet du monde, tu sois traîné devant des juges pour y subir un interrogatoire infâmant! Non, non! A cette pensée tout mon sang bouillonne.

Et, regardant le commissaire :

— J'ai le droit d'arrêter ces poursuites, monsieur; ne verbalisez pas, c'est inutile; je vais déclarer que je n'ai pas été volé. Allons, braves gens, retournez à votre travail; toi, Hector, viens, mon enfant, viens!...

— Mon oncle, mon bon oncle, dit Hector attendri, votre cœur, votre tendresse vous égarent. Calmez-vous, vous me perdez! Partons, monsieur, dit Hector au commissaire.

— Non! s'écria M. Bonarel.

— Non! répétèrent les ouvriers.

— Allons, dit Hector, vous voulez tous me perdre!...

Puis, s'adressant à son oncle :

— Vous voulez qu'on dise que vous m'avez épargné, parce que je suis votre neveu...

Hector fit un pas.

— Mes amis, reprit M. Bonarel de plus en plus ému, ne le laissez pas partir. Non, non, il faut le retenir, retenez-le. Hector! Hector! mon enfant mon fils!

— Ah! dit Hector avec désespoir et en se voilant le visage, vous me brisez; vous m'ôtez le courage. Au nom de la tendresse que vous me portez, dans mon intérêt, calmez-vous.

Et le jeune homme s'agenouilla devant son oncle, lui prit les mains qu'il baisa affectueusement et s'enfuit.

Le vieillard s'écria avec égarement :

— Vous l'avez laissé partir! Aucun de vous n'a eu le courage de le retenir! Ernest, mon enfant, viens, soutiens-moi, puisque l'autre est parti.

Ernest tressaillit; puis il s'avança tremblant vers son oncle, sous une double haie de regards qui étincelaient comme autant de poignards.

— Mon enfant, dit M. Bonarel, connais-tu le coquin qui a perdu Hector?

Cette question, faite d'une voix qu'étreignait la douleur, donna une horrible secousse à Ernest. Il se crut au pouvoir d'une puissance infernale; ses cheveux se dressèrent et il demeura sans voix. Il n'était pas assez endurci pour rester insensible au désespoir du vieillard; mais il l'était trop pour s'avouer coupable d'une telle lâcheté,

— Non!... non!... dit-il d'une voix étouffée.

M. Bonarel pressa son bras.

— Tu es aussi ému que moi, mon pauvre enfant.

— Oh!... oui... oh!... oui... je... je vous assure.

Ernest avait hâte de se soustraire à cette entrevue;

il conduisit M. Bonarel auprès de sa tante et d'Isabelle qui pleuraient dans un coin du salon, elles qui n'avaient jamais pleuré !...

IV

LA RETRAITE DE MARIE.

Une fois seul, Ernest, envisageant l'arrestation d'Hector sous le point de vue qui le touchait, trouva que, pour le sauver, cette mesure de rigueur était utile. Débarrassé de Ganavas, il ne craignait plus rien. Alors il se moqua du cri de sa conscience agonisante. D'autre part, il pensait que l'accusation infamante qui pesait sur Hector le délivrait à jamais d'un rival abhorré. Que devenaient l'honnêteté et le talent ?...

Tout s'abîmait dans la honte. L'ombre de la prison, spectre avide, absorbait celui qui entravait sa marche.

Seul sur le terrain, Ernest, joueur audacieux, attendait sa fortune du coup qu'il avait préparé. Il avait pactisé avec l'infamie ; il venait de faire l'essai de sa lâcheté ; il appelait cela ses forces.

Sa cousine désormais était à lui.

Il ne doutait plus de sa conquête. Il avait tout ce qu'il fallait pour cela.

..... Tout à coup, après trois jours d'oubli, il se rappela Marie... Marie qui allait être mère !...

Cet amour lui parut fatal.

Ganavas avait raison.

Cependant le souvenir de Marie, après trois jours de supplice, lui fit du bien. Ce fut comme un rayon qui dissipe les ombres; un rêve souriant après un cauchemar; la brise après le simoun. Il évoqua ses heures d'extases amoureuses, son cœur se dilata. Oui, Marie était nécessaire à sa vie. Elle la lui faisait douce, elle l'enivrait. Près d'elle, il ne pensait plus, il vivait.

— Qu'importe ! disait-il, oublions, oui, oublions. Ne songeons qu'à aimer, ne songeons qu'à Marie...

Il soupira, un nuage passa sur son front. Il se sentait lié, sans espoir de délivrance. Cette pensée amena son esprit à réfléchir, et la réflexion lui conseilla d'écouter Ganavas, d'abandonner Marie.

Son cœur, malgré tout, se serrait. Marie tenait sa place; elle ne la voulait point quitter, et il voulait, lui aussi, qu'elle la gardât. C'était pour concilier son amour avec son ambition qu'il avait souvent contenu les aspirations qui l'emportaient vers Marie, pour rester auprès d'Isabelle. La prudence combattait l'amour. Il voulait Isabelle, mais sans perdre Marie. Il s'était dit que, puisqu'il allait devenir l'époux d'Isabelle, il devait s'habituer à ne plus voir Marie aussi souvent. Cette privation volontaire augmentait son amour pour l'une et son indifférence pour l'autre. Peines perdues ! son cœur ne le suivait pas dans ses calculs; il demeurait fidèle et constant; il restait sourd à la dépravation de l'esprit.

Ernest avait remarqué que les flatteries, les compliments, en un mot tout le système de l'*Art d'aimer*, ne faisait aucun effet sur Isabelle. Alors il avait changé de jeu. Laissant la théorie pour la pratique, il s'était montré auprès d'Isabelle soumis et empressé; il feignait la timidité. La patience qu'il opposait aux taquineries de la coquette fille était digne d'éloges.

Ces procédés, joints au bouquet quotidien, flattaient Isabelle, qui croyait être l'objet d'une véritable passion.

Ernest tempéra la fougue de l'amour qu'il éprouvait pour Marie en lui écrivant de longues lettres.

Il faisait porter ses messages par l'ignoble Policar — associé à ses projets de fortune — et auquel Marie, malgré une répugnance secrète, avait fini par s'habituer.

Marie ne sortait pas. Elle fuyait les regards; elle craignait qu'on lût sa faute sur son front.

Et puis, elle vivait de son amour. Ernest lui suffisait. Que lui importaient la foule, les théâtres, les concerts : distraction, musique, poésie, elle trouvait tout cela dans Ernest.

Cet homme, c'était son idole : il résumait tout pour elle, il mettait son être en mouvement; elle recevait par lui les impressions du bien et du beau.

Marie occupait, comme nous l'avons dit, rue Mercière, un joli appartement avec balcon : ce balcon, était garni de fleurs grimpantes qui couraient sur une tonnelle en treillage. L'été, on pouvait s'asseoir sous cette voûte fraîche et embaumée, pour regarder passer la foule des promeneurs et des promeneuses.

En présence d'Ernest, Marie n'avait jamais songé à ce passe-temps.

Elle ne passait sa jolie tête à travers les interstices des fleurs, que les jours où l'amant attendu était quelques minutes en retard.

En l'apercevant, elle se retirait vivement, ne faisant qu'un bond de la fenêtre à la porte. Ernest lui ouvrait ses bras dans lesquels elle se jetait avec transport.

Ah ! ces moments ! qui se composaient de mots sans suite, coupés de baisers, suivis de silence et de regards, comme ils passaient vite ! Mais comme ils étaient doux ! comme ils faisaient vivre ! Ernest en était aussi avide que Marie. Auprès de son aimante et tendre adorée, il oubliait tout. Les horizons étaient bleus, l'air était embaumé et Marie, sous ce ciel pur, lui apparaissait souriante.

— Quand une femme, se disait-il, donne cet oubli, c'est plus qu'une femme !

Et cette pensée était suivie d'une étreinte et d'un baiser.

— Sais-tu ce qui me chagrine? murmurait Marie, c'est de n'avoir plus rien à te donner.

— Marie ! chère Marie, tu es un ange d'amour.

— Non, je t'aime. C'est là tout mon mérite.

Ce fut dans cette ivresse que s'écoula l'été.

Marie, dont l'amour endormait les remords, croyait que son bonheur durerait toujours. Jamais peut-être le rêve et la réalité ne s'étaient mieux entendus pour la tromper.

Quand, vers l'automne, les visites d'Ernest devinrent plus rares, Marie ne sut plus que faire d'elle les jours où naguère Ernest venait. Elle pleura, ces larmes la soulagèrent, elles tempérèrent le feu qui la dévorait. Et puis, sa solitude secoua son esprit, réveilla sa conscience. En descendant au fond d'elle-même elle se fit horreur, elle eut le vertige du remords; elle pensa que les absences d'Ernest avaient une raison d'être. N'avait-il pas le droit de la traiter comme elle la méritait? Elle était sans pudeur, sans dignité; elle avait transigé avec tous ses devoirs. Elle avait immolé au pied d'un seul, les plus saintes affections; elle ne méritait ni pardon, ni pitié. Alors les songes riants disparurent. Le rayon s'éteignit, les ténèbres l'enveloppèrent, elle se crut dans une prison, elle manquait d'air, elle étouffait. Elle alla à la fenêtre...

La vue de la tonnelle dépouillée, que le vent secouait, lui offrit l'image de ce qui se passait en elle. Un sanglot déchira sa gorge, elle s'accouda au mur et pleura.

On frappa.

Marie alla ouvrir.

C'était Policar qui lui tendit une lettre.

Elle prit cette lettre sans rien dire, et referma la porte.

Ernest lui disait tendrement qu'il ne fallait pas qu'elle s'inquiétât de son absence, que les circonstances la commandaient.

Marie reprit confiance. Elle essuya ses yeux et se mit à sourire. Elle tâcha alors de se distraire par le souvenir. Elle demanda au rêve la réalité, et sut si bien s'identifier avec lui, qu'elle trouva des heures d'oubli. Elle fouilla son petit secrétaire de bois de rose, en sortit toutes les lettres du bien-aimé, et se mit à les lire et à les relire, pleurant et souriant tour à tour, selon les impressions qu'elle recevait. Elle passait une partie des nuits à les regarder étalées devant elle. Ainsi le temps se passait, les heures s'écoulaient et le sommeil ne venait pas.

Cependant l'insomnie l'épuisa. Elle tomba en langueur.

Elle pâlit et ses yeux brillèrent d'un éclat étrange. Marie se tuait.

LE PROJET DE GANAVAS

Ganavas pour ravir à Ernest Marie, dont il était épris, avait mûrement réfléchi et préparé son plan de longue main. La lettre de change lui avait ouvert un horizon: il aurait Marie, sinon Ernest irait au bagne...

Ganavas, après cette découverte, s'était senti heureux; il avait la certitude qu'en posant ce dilemme à la jeune femme, celle-ci n'hésiterait pas accepter la honte pour servir le dévouement.

Son cœur de boue avait tressailli à la vue de Marie.

Sa figure s'était illuminée. La sœur d'Hector l'avait émerveillé; il avait juré sa perte.

En apprenant l'arrestation d'Hector, il trouva que le moment était venu de révéler son amour à Marie.

Il se rendit rue Mercière.

Marie, pâle, frissonnante, était étendue devant le foyer, sur sa chaise longue.

Il était huit heures.

Elle soupirait en regardant la pendule. Autrefois à cette heure, Ernest était auprès d'elle...

On sonna à la porte. Marie ne bougea pas; elle semblait n'avoir pas entendu. Ce n'est qu'au second coup de sonnette qu'elle se leva pour aller ouvrir.

Elle fut étonnée en reconnaissant Ganavas, qu'Ernest lui avait présenté un soir.

— Madame, dit Ganavas, veuillez m'excuser de vous déranger à cette heure; il s'agit d'une affaire qui vous intéresse particulièrement et de laquelle, si vous le permettez, je désire vous entretenir.

Marie, pour répondre, essayait de retrouver sa pensée partagée entre le rêve et la surprise.

Ganavas contemplait la pâle jeune femme, dont

Il se rapprocha de Marie et lui prit la main (page 42).

s grands yeux mélancoliques le regardaient avec riosité.

— Une affaire qui m'intéresse? dit Marie avec tte nonchalante lenteur qui appartient aux lanuissants.

— Oui, madame. Mais permettez-moi de vous ire observer que, pour vous répondre, je suis sur palier.

— C'est juste, reprit Marie en ouvrant toute ande la porte qu'elle tenait entre-bâillée, entrez.

Ganavas entra.

Marie avança un fauteuil auprès de la chaise ngue, sur laquelle elle se recoucha à demi, et garda Ganavas d'un air qui signifiait:

— Parlez, j'attends.

— Madame, dit Ganavas qui interpréta ce regard, veux bien parler, mais promettez-moi le secret.

— Vous m'effrayez, dit Marie dont l'œil noir illumina.

— Qu'elle est belle! pensait Ganavas.

Il s'agit de votre frère.

— Hector! dit Marie d'une voix vibrante, parlez, e serai discrète.

— Eh bien, il est arrêté!

Marie se redressa.

— Arrêté?

— Oui, madame arrêté.

Marie, stupéfaite d'effroi et d'étonnement, regarda Ganavas.

— Je ne comprends pas, dit-elle hébétée. Arrêté... répéta-t-elle comme pour chercher le sens de ce mot, qui ne lui venait pas.

Ah! j'y suis! ajouta-t-elle avec explosion. Qu'a-t-il fait? Mon Dieu! Mon Dieu!... Répondez, répondez, par grâce parlez!

Ganavas hésita.

— Ah! dit Marie en joignant les mains, n'hésitez pas à me dire toute la vérité. Je suis forte, allez!

La voix touchante de Marie, son accent sincère, émurent l'insensible Ganavas.

— Ah! soupira-t-il, je comprends l'amour d'Ernest...

Votre frère, madame, est accusé d'avoir soustrait à votre oncle une somme de vingt mille francs.

Marie, foudroyée, tomba à la renverse sur sa chaise longue.

Ganavas, timide, confus, n'osa s'approcher de Marie.

Il se trouvait gauche.

Il se mit alors à la regarder.

La jeune femme avait la tête renversée en arrière. Ses cheveux, défaits, inondaient ses épaules de boucles noires luisantes. Les yeux étaient fermés, et sur les joues pâles se profilaient de longs cils soyeux. La bouche entr'ouverte laissait apercevoir une double rangée de perles. Cette tête ravit Ganavas. Ce corps souple, languissant, irrita sa passion au lieu de l'apaiser.

Marie était en son pouvoir... Un reste de pudeur le retint. Ce hardi misérable recula devant une nouvelle infamie... Il eut honte. De quoi? il n'en savait rien.

Son ignorance ajoutait à son étonnement. L'influence que Marie exerçait sur lui était étrange : la faiblesse intimidant la force, l'abandon réprimant l'audace, la beauté contenant le désir.

Cette bizarrerie du contraste le rendait naïf. Il se demandait comment il pouvait être ainsi. Et comment cela se faisait qu'il agit d'une façon contraire à ce qu'il éprouvait. Mais il était sous le charme ; il s'y trouvait heureux ; il y restait. Le désespoir de Marie l'avait touché, et cet attendrissement était pour lui une nouveauté.

Il regardait toujours Marie.

Elle était là, belle, sans mouvement, sans défense. Il pouvait user de violence et partir. Mais non. Cela lui paraissait infâme, à lui, Ganavas ; à ce cœur, égout du vice ; à cet esprit, calculateur du crime. La conscience, cette étincelle divine, jaillissait du fond de cette litière, comme pour dire : « Arrête, malheureux ! »

Ce cri vague, Ganavas l'entendit ; il l'écouta. Il se contenta d'admirer, puis de jalouser Ernest, possesseur de ces trésors de beauté. Que n'eût-il à ce moment donné pour être aimé, comme celui qu'il appelait *son rival?* Il est de ces moments d'enthousiasme qui transportent l'âme la plus vile.

— Cette femme, se dit Ganavas, est belle, elle est bonne, elle est complète. Et elle appartient à un homme indigne d'elle.

En jugeant Ernest, il se jugea, et il conclut que le meilleur des deux, c'était lui.

— J'affiche, continua-t-il, peut-être plus de cynisme, mais nos fonds se valent. Il est plus *hypocrite*, moi plus *vrai*, j'ai le courage de mes actes ; lui a la lâcheté de désavouer les siens. L'avantage me reste donc. Pourquoi cette femme ne m'aimerait-elle pas, quand j'aurai démasqué celui qu'elle aime ! Elle croit aimer un homme ; je lui démontrerai qu'elle se trompe, que ce quelqu'un qu'elle aime n'est rien.

Il regarda encore Marie.

— Ah ! dit-il, pour passer ma main dans ces boucles noires, pour les mordre à pleines dents, que ne donnerais-je ?

Les désirs refoulés revenaient.

La passion s'exaltait.

Il s'approcha de Marie et lui prit la main.

Ce contact fit tressaillir la jeune femme, qui ouvrit les yeux et considéra celui qui tenait sa main.

Alors elle se souvint. Elle se redressa, pâle, échevelée, et murmura :

— Pauvre Hector !

— J'ai été brutal, dit Ganavas.

— Mes nerfs sont depuis longtemps malades, répondit simplement Marie. Écoutez, ajouta-t-elle gravement, on accuse mon frère, mais il est innocent. Je connais sa droiture, sa probité. Je vais aller dire cela à mon oncle et... Marie s'arrêta... Ce que je dis, monsieur, est insensé. Je ne puis rien. J'oublie qui je suis... Une créature perdue... Je suis en compagnie de la honte, j'y dois rester.

Elle parlait d'un ton bas ; ses joues étaient rouges et ses yeux pleins de larmes. La figure de Ganavas s'éclairait, un sourire de satisfaction errait sur ses lèvres. L'aveu de l'impuissance de la jeune fille assurait le succès de ses projets.

— Monsieur, dit Marie en levant les yeux qu'elle baissa aussitôt, si vous, qui jouissez des droits que je n'ai plus, vous pouviez faire quelque chose pour mon frère ?

Toute l'âme de Marie était dans ces quelques mots dits avec une humilité angélique.

— Madame, repartit Ganavas, vous ne vous doutez pas de la demande que vous me faites et ce qu'elle peut avoir de terrible pour vous... Je sais bien des choses... mais je ne dirai rien...

Marie s'avança vers Ganavas, et lui dit avidement :

— Parlez ! ce malaise, ces nerfs, cela n'est rien !...

— Madame, j'ai les preuves de l'innocence de votre frère.

La figure contractée de Marie se détendit. Son regard, comme un rayon voilé de larmes, éclaira son charmant visage.

— Ah ! monsieur, dit-elle, avec élan, vous me rendez la vie. Cher Hector ! je savais bien que tu étais innocent.

— C'est celui que vous aimez qui est coupable.

Marie ne comprenait plus. Son œil s'agrandit et ses couleurs s'effacèrent. Un tremblement nerveux s'empara d'elle. Elle s'assit. Si Ernest était coupable, elle en était la cause principale. C'était pour entretenir ce luxe qui l'entourait que son bien-aimé avait commis ce vol. Elle avait, dans cette action, sa part de responsabilité, si elle ne l'avait entière.

— Monsieur, dit-elle d'une voix altérée, si Ernest est coupable, je n'y suis pas étrangère; c'est pour moi qu'il a failli à l'honneur.

— Vos sentiments vous honorent; mais vous êtes dans l'erreur. M. Ernest a commis ce vol pour son propre compte. Vous croyez, madame, être pour beaucoup dans la vie de cet homme, et vous n'y êtes presque pour rien. Vous l'avez, sinon compris, du moins senti. Votre pâleur, votre mélancolie l'attestent. Vous retenez vos illusions; mais, malgré vous, elles s'envolent. Il ne vous vient plus voir; savez-vous pourquoi? il ne vous l'a pas dit, eh bien! moi, je vais vous l'apprendre. Il reste auprès de votre cousine qu'il veut épouser. Il vous a séduite sans remords; il vous aime sans élévation. Il ne vous épousera pas; son égoïsme égale sa lâcheté.

Marie sourit avec mépris.

— Il fera bien de ne pas m'épouser. La femme qui a perdu sa dignité mérite-t-elle autre chose qu'un peu de mépris? Isabelle, monsieur, est une personne accomplie, et Ernest sera.... heureux....

Ici la voix de Marguerite s'éteignit; cette immolation dépassait ses forces. La nature reprenait le dessus.

— Ah! vous êtes un bourreau, s'écria-t-elle en sanglotant; que vous ai-je fait, pour me briser ainsi? Vous mentez, Ernest m'aime!...

Marie pleurait amèrement, et ses larmes étaient si vraies, que Ganavas sentit ses yeux humides.

— Je vous ai demandé de sauver mon frère, puisque ma position commande le silence. Mais Ernest est perdu... J'aime mon frère au point de lui sacrifier ma vie; mais j'adore Ernest...

Une rougeur brûlante envahit le pâle visage de la jeune femme, elle s'écria tout à coup :

— Qui me prouve que ce que vous dites soit vrai! Je ne vous connais pas...

Ganavas sourit, tira tranquillement de sa poche un portefeuille, duquel il tira une lettre — la vraie lettre de change — qu'il mit, en la tenant toujours, sous les yeux de Marie.

— Je comprends, dit Marie d'une voix tremblante, puis, avec prière :

— Monsieur Ganavas, rendez-moi cette lettre.

— Vous oubliez votre frère, j'y pense pour vous. Vous oubliez que votre amant vous trompe!...

Marie regarda Ganavas d'un air égaré.

— Vous avez donc juré de me tuer!

— J'ai juré de dire la vérité.

Marie se tordit les mains avez désespoir.

— Mon Dieu! dit-elle, que faire pour les sauver tous deux?

— M'aimer! répondit Ganavas.

Marie se redressa devant cette audace.

Ce mouvement, plein de fierté, fit reculer Ganavas.

— Monsieur, vous vous servez d'une infamie pour m'outrager, sortez!

— Je vous obéis. Mais avant vingt-quatre heures, Ernest aura pris la place d'Hector.

— Ah! s'écria Marie en joignant les mains, vous êtes donc sans pitié! Votre cœur reste donc fermé à la compassion!... Vous m'aimez, dit-elle avec angoisse, malheureux, vous m'aimez... Mais sachez donc que je vais être mère!... Pitié pour le père de mon enfant!

A son tour, Ganavas pâlit. Il n'avait pas pensé à cet aveu.

— Mais votre frère, madame, accusé injustement, vous voulez donc le sacrifier à un homme indigne qui vous a abandonnée, qui n'attend que la condamnation de votre frère pour vous le dire.

Marie regarda Ganavas d'un air sombre.

— Oh! si c'était la vérité que vous me dites! Mais non, vous mentez. Vous êtes un bourreau; laissez-moi, vous m'enlevez mes illusions et mes croyances. Je sens là, dit Marie avec une inflexion de tendresse et en plaçant la main sur son cœur, qu'Ernest m'aime... Non, non, ces baisers qu'il me prodiguait n'étaient pas faux, je le sens bien, allez! le cœur ne trompe pas... Oh! mon Dieu! Cependant, si cet homme disait vrai, ajouta Marie, en pressant de ses deux mains sa tête! oh! alors, j'en mourrais!...

Marie ne fit plus attention à Ganavas, dont le cœur, touché par cette folie de l'amour, s'était ouvert à la compassion.

Il sortit en se promettant de revenir le lendemain.

Marie ne s'aperçut pas de son départ.

Marie, simple, naïve, ingénue, avait aimé avec une candide ignorance. Sa confiance dans Ernest ne l'avait pas abandonnée. Avec sa douceur d'ange, sa tendresse d'agneau, elle avait supporté l'absence de l'infidèle, enlacé dans les réseaux de ses vices.

La religion de Marie était l'amour.

Son âme tendre, devenue passionnée, rêvait de son culte; elle s'abîmait dans la contemplation d'un seul. Cette unité était son monde, formait sa vie, et jamais fanatique n'exalta son Dieu comme elle exalta le sien.

Trompée, elle se retrouva face à face avec ce monde qu'elle dédaignait, avec sa conscience troublée, avec son cœur brisé. Marie se sentit au cœur un mélange de vengeance, de haine; elle se trouva misérable d'hésiter entre son frère et Ernest.

— Qu'as-tu fait, Ernest, de ma confiance, de ma bonne foi? Parjure, tu veux épouser Isabelle; tu ne penses pas que je m'y opposrai. Tu ne l'épouseras pas!

Tu me trouveras entre vous deux. Ah! tu irais porter aux pieds d'une autre un cœur qui m'appartient? Non, non, non, entends-tu! Isabelle saura tout. Je me charge de le lui apprendre.

Et toi, Hector, dit Marie, en s'agenouillant devant son frère présent à sa pensée, si tu me pardonnes, nous retournerons dans ce pays où l'on respecte la vertu, le malheur et la pauvreté. Nous quitterons cette ville de corruption où l'air est empesté... Ah! mon ciel bleu! ah! mes montagnes! Hector, continua-t-elle, pardon!...

La jeune femme, accablée, essaya de se lever; ses jambes fléchirent.

Elle se laissa aller sur sa chaise longue et s'endormit.

La fatigue avait vaincu la douleur.

Quand elle se réveilla, un rayon de soleil se jouait à ses pieds.

Marie ne se souvint plus de sa colère. Ses idées avaient changé.

Elle voulut sauver Hector, mais sans perdre Ernest.

— De la haine! dit-elle avec une sérénité résignée, je n'en ai pas.

Elle songea à ce que lui avait dit Ganavas.

— Il veut que je l'aime... dit-elle d'un air sombre. Horreur!

Et sa pensée retourna vers Ernest, vers Hector.

Elle interrogea son dévouement. Il triomphait de sa répulsion.

— Il reviendra, dit-elle, en pensant à Ganavas. Habillons-nous!

Marie, à ce moment, avait l'air d'une martyre, qui va recevoir sa récompense.

Marie lissa ses cheveux avec autant de soin que si elle avait attendu Ernest.

Son parti était pris; elle n'hésitait plus.

Essayer de démontrer à Ganavas l'infamie de sa proposition eût été peine inutile. Après être descendue dans les bas-fonds de ce cœur, elle n'avait plus d'espoir à conserver.

Il s'agissait d'accepter ou de refuser.

Plus pâle que son corsage de dentelle, Marie, prise de défaillance, posa sur sa toilette le peigne d'écaille et regarda le ciel: son grand œil noir avait une expression navrante; mais, à travers la brume du désespoir, apparaissait le rayonnement serein du martyre.

Elle avait beaucoup aimé; elle avait beaucoup souffert, elle espérait...

A peine à l'aube de sa vie, elle en voyait déjà le déclin.

Le soleil de ce monde éclairait le seuil d'un autre; elle se sentit attirée par l'infini.

La tombe après le sacrifice accompli, la tombe, refuge inviolable, lui assurait la tranquillité et le repos, la tombe fermait tous les yeux sur sa honte.

Ce fut à ce moment que Marie songea à mourir; son amour lui apparut comme le précurseur d'un autre. Elle fut fière de ce sentiment, que l'âme basse flétrit parce qu'elle ne peut s'élever jusqu'à lui.

Elle reprit courage; elle accepta, dans ce moment de folie suprême, l'immolation qu'on exigeait d'elle.

L'âme avait déjà quitté ce beau corps. Que lui importait la profanation de ce qui était périssable? Elle était morte.

Son effacement, son dévouement lui étaient inspirés, — elle n'en doutait pas, — cette abnégation lui venait de Dieu.

Elle allait, en se sacrifiant, se rapprocher de lui! Bonheur suprême. La pauvre Marie eut un mouvement de joie. Elle ne s'occupait pas de savoir si elle était digne de cette joie. Elle aimait, elle souffrait, elle pensait à celui qui, lui aussi, a souffert et aimé « jusqu'à la mort ».

Vers deux heures de l'après-midi, on sonna.

Marie alla ouvrir.

C'était Ganavas!

Ganavas, revenu de son trouble, se trouva stupide d'avoir cédé à l'ombre de respect que lui inspirait la bien-aimée de celui qu'il voulait perdre.

Ganavas se reprocha sa timidité qu'il appelait faiblesse.

Mais, de nouveau, en présence de Marie, il se sentit troublé.

— Que je suis niais! murmura-t-il avec colère.

— Veuillez vous asseoir, dit Marie en avançant un fauteuil à Ganavas.

Ce dernier regarda curieusement Marie.

La voix altérée, mais douce, de la jeune femme le toucha moins qu'elle n'excita son étonnement. Par quel retour soudain, celle qui, la veille, le traitait avec tant de hauteur, l'accueillait-elle aussi gracieusement?

Le misérable devina tout, et il en fut heureux. Il remarqua que Marie, dont la pâleur rehaussait la beauté, avait fait toilette.

— De la coquetterie pour moi! pensa-t-il avec ravissement; oh! elle m'aimera, oui, elle m'aimera, cette femme!

Enhardi par cette pensée, il dit à Marie:

— Madame, oserais-je vous répéter, aujourd'hui ce que j'eus l'audace de vous dire hier? Vous voudrez bien excuser ma témérité, vous êtes si belle!...

Marie ferma les yeux. Sa gorge se souleva de dégoût; elle eut peine à se contenir.

Ganavas continua sa déclaration.

Marie, mise à la torture, s'essuya le front, puis elle dit:

— J'entends, monsieur... Je... Avez-vous la lettre de change?

— Vous savez que je suis tout disposé à vous être agréable.

— Vous... m'aimez? interrompit Marie d'une voix éteinte.

— Madame, c'est du délire.

Marie prit un flacon de sel qui se trouvait à sa portée et le respira.

— Vous souffrez? lui dit Ganavas.

— Ce n'est rien, répondit Marie, avec le sourire d'une agonisante.

Ganavas voulut lui prendre la main.

Ce mouvement fit éclater Marie.

— C'est impossible, dit-elle enfin, je ne puis... Je vous hais, je vous méprise; retirez-vous!

L'œil de Ganavas s'illumina.

— Madame, dit-il en se redressant, prenez garde; on ne se joue pas de moi impunément.

L'opiniâtreté de cet homme éclaira Marie.

Ce monstre avait perdu Ernest pour arriver à elle. Toisant alors Ganavas, elle s'écria:

— Vous me faites horreur!

Ganavas prit son chapeau et voulut sortir.

Marie revint à elle.

— Je vous aimerai, reprit-elle, si vous sauvez Ernest.

— Vous ne prenez guère le chemin de m'aimer, dit Ganavas d'un ton sceptique.

— Cela dépend de vous, reprit Marie.

— Eh bien! répondit Gavanas en se rapprochant de sa victime, indiquez-moi les moyens qu'il faut pour cela... Vous êtes si sauvage... ma foi, que vous m'effrayez. Voyons, je ne suis pourtant pas, que je sache, un épouvantail... Je vous aime, je suis riche; acceptez-moi.

— Donnez-moi la lettre de change, dit Marie.

— Je veux bien vous la donner; mais vous comprenez, ce qu'en retour j'exige.

Marie regarda Ganavas, avec mépris.

— Je vous écrirai le jour qu'il me conviendra de vous recevoir.

— N'attendez pas trop longtemps.

Voici mon adresse:

« *Monsieur Georges au café du Globe.* »

Après le départ de Ganavas, Marie crut qu'elle allait mourir. Elle se leva épouvantée.

— Non, non, dit-elle, pas encore!

Elle venait de songer à Hector et à Ernest. Ces deux noms, qu'elle réunissait, et qui se fuyaient, la rappelèrent à la vie.

VI

LES APPRÊTS DU SACRIFICE

La répulsion dont Ganavas se sentait l'objet l'effraya moins que la ténacité de l'amour de Marie pour Ernest. Cet amour était sans bornes.

Comment faire pour chasser ce sentiment du cœur de Marie? Les moyens qu'il avait employés pour cela l'avaient fait haïr. Rien de plus.

Marie le haïssait, lui, Ganavas de tout son dévouement pour Ernest. Marie renonçait à elle-même pour celui qu'elle adorait.

— Et dire, s'écria Ganavas, que c'est moi qui, pour *lui*, ai donné des ailes à cet amour!...

Ce désintéressement, cette abnégation qu'il admirait ne firent qu'accroître chez Ganavas le désir d'être aimé à son tour.

En entrevoyant la possibilité, pour lui, d'un amour comme celui qu'il enviait, Ganavas tressaillit d'aise. La boue de son chemin s'écarta; il fut un autre homme. Il entrevit alors une vie autre que celle qu'il menait. Mais Marie, qui se transformait ainsi, l'aimerait-elle?

Cela dépendait d'Ernest.

Il fallait que la cousine de ce dernier lui vint en aide.

Ganavas, qui tenait Ernest pieds et poings liés, crut qu'il pouvait diriger son rival à son gré. En quittant Marie, il écrivit à Ernest:

« Mon cher ami,

« A six heures demain soir, au café du Globe, je t'attendrai. »

Ernest, pour qui semblable invitation avait une signification précise, fut exact au rendez-vous.

— Mon cher, dit Ganavas à Ernest, j'aime que chacun soit à sa place. Je fais ici, pour toi, les frais d'un dîner, parce que tu es en train de devenir un personnage.

Ernest rougit.

— Est-ce que je me trompe? reprit Ganavas. Ton mariage avec la cousine aux millions n'est-il pas chose convenue, arrêtée?

— Convenue... peut-être; arrêtée... non!

— Tiens! dit Ganavas en se renversant en arrière, moi qui croyais ce mariage arrêté? Prends garde! tu eux être joué...

— Je ne le crois pas, répondit Ernest d'un air soucieux. Isabelle m'aime et ma tante désire m'avoir pour gendre. Dans un mois, je pense que tout sera terminé.

L'œil de Ganavas brilla de contentement.

— J'ai un plaisir à te demander.

— Et lequel ? dit Ernest avec empressement.

— Celui de signer ton contrat, répondit Ganavas en offrant une aile de poularde à Ernest.

Ce dernier sourit dédaigneusement.

— Tu trouves cette idée singulière ? reprit Ganavas qui sut interpréter le sourire et le silence d'Ernest. Mon cher, je t'ai rendu, tu le sais, d'éminents services ; je t'oblige de les reconnaître, voilà tout. Je ne suis pas indifférent à la dot que ta femme t'apportera, puisque je me crois en droit d'en réclamer la moitié.

Ganavas avait dit cela avec le calme audacieux du scélérat.

— Cher ami, répondit Ernest (comme il eût dit affreux coquin), tu manies admirablement la plaisanterie ; tiens, verse-moi du porto. A ta santé, malin !...

— Je ne plaisante pas, répondit Ganavas en remplissant le verre d'Ernest.

— Alors tu es atteint de folie ou d'ivresse, reprit brutalement Ernest.

Ganavas montra devant lui trois verres pleins :

— Je ne suis pas ivre, ajouta-t-il froidement.

— Alors, comment qualifier ton exigence ? Tes services n'ont pas été gratuits.

— Nous nous entendrons, j'en suis sûr, dit Ganavas.

— Sur cette question ? jamais.

— Bah ! tu t'emportes, tu refuses ; mais tu reviens et tu acceptes. Combien espères-tu de dot ?

Ernest, pâle, le regard hautain, dédaignait de répondre.

— Tu n'as pas entendu ?

— Je ne m'occupe pas d'une fortune qui ne doit point m'appartenir, répondit enfin Ernest en opposant son calme au calme cynique de Ganavas.

— Oh ! mon petit, tu aurais des scrupules ? et tu n'en rougirais pas devant ton vieux camarade !...

Ernest enveloppa Ganavas d'un regard furieux :

— Tiens ! encore un mot, et je t'assomme !...

— Parlé ! voilà qui est parlé ! repartit Ganavas, en faisant entendre un éclat de rire, sec, nerveux. Mais, voyons, puisque mon exigence te contrarie, il faut que je te l'explique. Aurais-tu, par hasard, oublié ton faux ?

Ernest eut un sourire qui crispa son visage.

— Ah ! scélérat ! murmura-t-il d'un ton bas guttural, je te comprends !

— Ta perspicacité est grande, repartit fièrement Ganavas. Allons, je serai ton témoin.

— Jamais !

— C'est bien ! tu iras au bagne...

— Et toi aussi, repartit Ernest.

— Moi, dit Ganavas, non. Avant d'agir, je réfléchis.

En ce moment le garçon se présenta, portant sur un plateau d'argent une lettre, qu'il remit à « M. Georges. »

— Je suis obligé de partir, dit Ganavas en mettant le billet dans sa poche, et je te préviens que, si tu manques ton mariage avec ta cousine, je t'envoie au bagne.

Sur cette menace, Ganavas sortit.

Vingt minutes plus tard, il frappait à la porte de Marie.

VII

PAUVRE MARTYRE

Marie, après son affaissement, eut un sourire de triomphe.

— Folle que je suis, je puis lui échapper !

Elle battit des mains.

Son dévouement venait de lui suggérer une idée.

Elle se leva vivement et agita la sonnette.

Une femme d'un certain âge, qu'elle employait quelquefois à son service, se présenta.

— Madame François, lui dit Marie, d'une voix douce, j'ai besoin, pour dormir, d'une potion, allez me la chercher. Voici une autorisation du médecin.

Marie tendit à sa femme de service un petit billet.

— Madame est malade ?

— Non, répondit Marie, c'est pour reposer.

Madame François sortit, Marie la rappela.

— Voici une lettre que vous allez remettre à un commissionnaire pour qu'il la porte à son adresse.

— C'est bien tout? dit Madame François, qui trouvait à Marie un air inaccoutumé.

— Pour le moment, oui, mais revenez le plus vite possible.

Après le départ de la bonne femme, Marie regarda la pendule et murmura :

— Encore deux heures !... Ah ! j'ai bien le temps?

Elle regarda vaguement la lueur du foyer et tomba dans une rêverie profonde.

Elle allait mourir!

Cette pensée lui causait plus d'étonnement que d'effroi. C'était encore l'image d'Ernest qu'elle adorait dans la mort.

Consentir pour lui à ne plus vivre, c'était héroïque; mourir, l'aimant toujours avec la même ferveur, c'était du bonheur.

Elle se sentit fière.

— Qu'il épouse Isabelle, dit-elle sans amertume, j'en serai heureuse. D'où je suis, l'horizon s'agrandit... on voit de haut!...

L'idée d'écrire à Ernest lui vint; elle la repoussa.

— A quoi bon? s'il m'aime, il apprendra ma mort assez tôt; s'il ne m'aime pas, cela doit lui être indifférent.

Sept heures sonnèrent.

Marie tressaillit.

Elle considéra sa toilette avec un ennui mêlé de dédain.

— Encore! dit-elle, mais c'est la dernière fois.

Madame François rentra.

Marie s'approcha d'elle.

— Eh bien, vous avez l'opium?

— Oui, madame.

— Donnez.

Marie arracha le flacon des mains de sa femme de charge.

— Ma foi, dit Madame François, tant pis si je suis indiscrète, mais vous n'êtes pas comme d'habitude.

Marie sourit.

— J'attends quelqu'un, dit-elle avec effort.

— Ce n'est donc pas une visite agréable?

— Si... si... fort agréable, au contraire.

— Cela m'étonne, vous avez l'air d'une personne qu'on conduit au supplice. Vous êtes pâle comme une morte; et puis, il faut bien que je dise tout, l'égarement de vos yeux me fait peur. Tenez, en marchant, je pensais à vous, et je me disais que vous aviez quelque dessein...

Marie se contenta de répondre:

— Vous allez servir un souper ici... comme autrefois.

Elle dit ces derniers mots avec effort et en soupirant.

— « Autrefois » — reprit Madame François qui remarqua la façon dont Marie dit « autrefois », — vous vous occupiez de cela vous-même. Vous étiez gaie, vous paraissiez heureuse. Pour qu'aujourd'hui vous soyez triste, ce n'est donc plus le « beau monsieur » que vous attendez?

— Non!... il est mort! Mais je m'aperçois, ajouta Marie, que votre curiosité va un peu loin.

— C'est de l'intérêt. Votre air m'attriste. Ma foi, que voulez-vous? je dis ça comme ça me vient. Après tout, si vous avez péché, c'est que vous avez aimé... Ah! il est mort!... Je comprends votre chagrin. Cela vous peine de le remplacer?...

Marie se sentit profondément humiliée. Elle rougit et pâlit tour à tour.

— C'est assez causer. Faites ce que je vous demande.

— Mon Dieu! dit Madame François en sortant, cette jeune fille me serre le cœur. Quelle figure de déterrée! Que va-t-il se passer?

Marie, demeurée seule, procéda une dernière fois à sa toilette. Elle massa les longues boucles de sa chevelure, plaça au milieu de l'une d'elles une rose et revêtit une robe blanche.

Elle était livide; elle se frappa les joues pour y rappeler le sang.

Sa toilette terminée, elle prit les lettres d'Ernest, et, sans les lire, elle les fit brûler une à une, avec une lenteur qui confondait le calme avec l'indifférence.

Ensuite, elle prit le flacon rempli d'une liqueur brune. Elle le considéra avec une sorte d'ivresse; puis elle le caressa comme un ami, comme un libérateur.

— C'est toi, s'écria-t-elle, qui va me sauver de la honte!...

Elle posa le flacon sur la cheminée, après avoir mesuré la distance qui le séparait de la place qu'elle allait occuper.

Elle s'assit. Son cœur battait à coups précipités. Elle le pressa de ses deux mains.

— Allons, dit-elle, avec un sourire lugubre de résignation, tais-toi, tu es mort! Il ne t'aime plus, s'il t'a aimé!

Oh! s'il m'avait aimé! murmura-t-elle encore.

Marie baissa la tête. Ses bras retombèrent le long de son corps.

La demie sonna.

Marie, éperdue, se leva.

— Il va venir!...

Madame François! cria-t-elle avec éclat.

— Me voici, madame!

— Eh bien, ce souper?

— Je l'apporte.

— Vite! l'heure s'approche.

La voix de Marie donna le frisson à madame François, qui, tout en regardant sa maîtresse à la dérobée, roula auprès du feu une petite table et s'empressa de la servir.

Marie avait repris sa contemplation vague; elle ne faisait plus attention à rien.

— Madame, hasarda madame François, j'ai fini.

Marie leva un regard fixe sur la bonne femme :

— Vous pouvez vous retirer.

— Si madame a besoin de moi pour servir, je puis rester.

— Non, dit Marie.

Madame François sortit bien à regret, car elle avait une intuition vague de ce qui allait se passer.

Marie se mit à regarder la pendule avec une fixité effrayante, et quand l'aiguille marqua huit heures, elle déboucha le flacon et avala le quart de son contenu.

On sonna.

Marie alla ouvrir.

C'était Ganavas.

— Suivez-moi, lui dit Marie.

— Où me menez-vous ?

— Souper, dit Marie, en ouvrant brusquement la porte de sa chambre à coucher.

— Tu m'aimeras donc ? dit-il.

— Je le pense, dit-elle avec insouciance, en refoulant un flot de dégoût.

Ganavas, pour s'assurer de la sincérité de cette réponse faite d'un ton qui l'étonnait, regarda Marie. Les joues de la jeune femme étaient empourprées; ses yeux brillaient comme deux diamants, son sourire était étrange, son geste saccadé.

— Comme tu me regardes ! dit-elle.

Ce tutoiement imprévu confondit Ganavas.

— Tu me remplis de joie; ainsi tu m'acceptes ?

— Oui, oui, dit Marie en riant avec une ironie sinistre.

— Que tu es singulière, ce soir ! Ta gaieté est funèbre, elle me donne la chair de poule.

— Tu crois?

— Allons, dit Ganavas, tu n'es pas aussi farouche que je le croyais. Je vaincrai ta répugnance et ton mépris. Car tu me méprises.

— Bah ! un peu.

— Ta franchise me plaît.

— N'est-ce pas?

— Je suis riche. Je contenterai tous tes caprices, si tu m'aimes !

— Soupons, dit Marie.

— Tu es belle.

— Assieds-toi en face de moi, tu me regarderas à ton aise.

Mais si avant tu me remettais la lettre de change ?

— Pas avant au moins que je n'aie pris un baiser sur ton front. Sais-tu qu'il est beau, ton front ?

— Oui, je sais qu'il est beau. Mais je veux cette lettre de suite et sans condition.

— Je t'obéis, dit Ganavas, qui sortit de sa poche le tragique billet.

— Tes yeux m'enivrent, reprit Ganavas ; tu es réellement charmante.

Marie regarda attentivement le papier. Puis elle le jeta au feu et le regarda brûler.

— Eh bien ? dit Ganavas, que fais-tu ?

— Tu le vois... J'ai soif, buvons.

Ganavas emplit de champagne les deux verres en forme de coupe.

Marie choqua fébrilement le sien contre celui de son compagnon et avala le contenu d'un trait.

— Ah ! dit-elle, ce vin est bon, il me fait du bien, il ouvre mes idées. Tu disais, ami Ganavas, que tu m'aimais ? Moi aussi, je commence à t'aimer. Tu es riche, ajouta-t-elle d'un ton frivolement insouciant. Cela me plait. Tu me donneras chevaux, voitures, laquais. Je veux du bruit. La solitude me pèse.

Ganavas croyait rêver. Quoi ! cette femme qui le haïssait, proposait aussi froidement un pareil marché !

Toute sa passion se réveilla, farouche et implacable.

— Je t'aime, dit Ganavas éperdu.

— Causons, répondit Marie.

— Charmante sirène, au moins un baiser !

Et Ganavas voulut attirer la jeune femme vers lui.

Celle-ci fit entendre un éclat de rire qui glaça Ganavas.

— Arrière ! s'écria-t-elle, en passant la main sur ses yeux ; je suis perdue pour toi ! Je suis en train de mourir. Je délire, tu ne le vois pas ? je t'ai amusé pour donner au poison le temps de produire son effet.

Je suis empoisonnée !... Je vais mourir. Je t'échappe. Tu es joué, Ganavas, et Ernest est sauvé !...

Marie était pourpre ; ses paupières se fermaient. Elle se leva en chancelant.

— Tu me croyais assez infâme pour descendre jusqu'à toi ? Tu oses mesurer tes appétits à l'amour? Tu es un cœur de boue !

— Marie, s'écria Ganavas, tremblant, affolé, je vous aime, revenez à vous !... Du secours ! du secours !...

— Si tu pousses encore un cri et qu'on vienne, je dirai que c'est toi qui m'as empoisonnée... je rendrai lâcheté pour lâcheté !...

Ganavas se crut fou.

Marie venait de tomber à la renverse.

Il s'approcha de la jeune fille, qu'il pria, supplia, et qu'il finit par menacer.

— Tu aimes Ernest, lui glissa-t-il à l'oreille, tu meurs pour lui : eh bien ! ta mort ne le sauvera pas. La lettre que tu as fait brûler, n'est pas la vraie !...

Marie ne l'entendait pas. Elle était morte.

On allait signer le contrat (page 52).

Ganavas s'agenouilla pres d'elle et, lui prenant la main :

— Marie, reviens, reviens à toi, je ne t'aimerai pas puisque tu le veux.

Marie resta immobile.

Ganavas, éperdu, s'enfuit.

Il gagna le quai Saint-Antoine et se mit à marcher sans regarder où il allait.

Il semblait atteint de folie.

— C'est affreux ! c'est affreux ! murmurait-il. Elle est morte... oui... oui... elle est morte; mais ce n'est pas moi qui l'ai tuée... c'est lui... c'est cet Ernest !... Quel misérable !... Une aussi adorable créature ! Je l'aimais moi, cette femme. Je l'eusse rendue heureuse.

En monologuant, il marchait toujours. Cependant,

le grand air le calma, et, quand il revint à lui, il avait dépassé le quai des Augustins et le pont Saint-Vincent.

Le bruit d'un orchestre vint frapper ses oreilles, il écouta un instant, comme pour prendre un parti; puis il héla un cocher :

— Au Colisée !

Une fois installé dans le fiacre :

— Oui, là-bas je m'étourdirai. J'oublierai cette mort affreuse. Dire que je la vois toujours ! Oui, oui, elle est là... Non, non, je ne veux plus la voir !... Elle me fait peur...

Ganavas s'essuya le front.

— Il me semble que je suis fou. Le serais-je?

Au Colisée, son air étrange et sa pâleur le firent remarquer. Il s'approcha d'un groupe de femmes qu'il mit en fuite. Il entendit, comme dans un songe, que l'une d'elles disait en s'enfuyant :

— Il vient de faire un mauvais coup.

Le sang de Ganavas se glaça. Il eut à peine la force de balbutier :

— Non, non, je ne l'ai pas tuée...

Heureusement que personne n'entendit ces paroles.

Il voulut boire, mais l'image de Marie mourante lui apparut comme un spectre de Robin; il ne put retenir son verre, qui se brisa. Le bruit attira un garçon, dans la main duquel Ganavas glissa une pièce d'or.

Il sortit et se remit à marcher.

Ganavas avait la tête perdue.

Cinq heures sonnèrent.

Le jour commença à poindre.

Le Lyon laborieux s'éveilla.

Ganavas, en proie à une hallucination qui résultait des émotions et des excès de la nuit, entendit des bruits étranges; puis il lui sembla que tous ceux qui passaient auprès de lui l'appelaient « assassin, empoisonneur... »

Il continua à ramper le long des murs et se mit sous la protection d'une lanterne rouge, qui indiquait la demeure du commissaire de police.

VIII

L'EXPIATION

Le châtiment venait d'atteindre Ganavas.

Il était fou.

Ironie cruelle du sort, Ganavas avait besoin de la loi, lui qui la méprisait, lui qui toujours avait vécu en dehors d'elle. Il sentit naître au fond de son âme comme une notion de l'être collectif. Mais ces vagissements furent étouffés par le trouble de ses idées, par le heurt des visions qui le terrifiaient.

Pâle, tremblant, défait, appuyé contre une borne, Ganavas regardait la lumière rouge et la porte protectrice, et se demandait si, à la lueur du phare, il franchirait le seuil hospitalier.

Il ne bougea pas ! l'action semblait lui faire défaut.

Sa pensée ne commandait plus à son corps. Elle habitait le monde des rêves, et l'aspect de celui qu'elle venait de quitter lui semblait bouleversé.

Soudain, un bruit de voix et de pas vint troubler son hébétement.

La terreur le reprit.

Il crut distinguer dans cette marche alerte, cadencée, une escouade d'agents lancés après lui, et dans les paroles échangées à demi-voix par ceux qui s'approchaient, les huées et les menaces d'une multitude.

Il se blottit dans l'enfoncement d'une porte cochère et se dissimula du mieux qu'il put.

Mais sa mise recherchée en pareil lieu, à cette heure matinale, sollicitait l'attention et devait exciter la curiosité.

C'est ce qui arriva.

Ceux qui passaient s'arrêtèrent pour examiner Ganavas, qui, le visage tourné contre le mur, tremblait de tous ses membres.

— Tiens, dit un canut, en riant de l'attitude comique du fou, qu'est-ce que ce pantalon collant et ces bottes fines font là à cette heure? Hé! l'ami, fais attention, le brouillard est froid !...

Les ouvriers, mis en gaieté par cette rencontre, firent entendre un rire homérique et plaisantèrent Ganavas, qui croyait n'entendre qu'injures et menaces. L'idée de s'approcher de Ganavas ne vint pas aux passants qui, après avoir épuisé leurs quolibets et leur bonne humeur s'en allèrent avec cette insouciance qui caractérise l'esprit lyonnais.

Quand le silence se fut rétabli, Ganavas sortit de sa cachette et regarda autour de lui.

La rue était redevenue déserte. Il s'avança jusqu'au bout du trottoir pour l'interroger des deux côtés. La brume limitait le regard, qui ne pouvait s'étendre au delà de dix mètres. Ce nuage opaque désappointa le fou qui, sous l'empire de la frayeur, n'osait s'aventurer sans, au préalable, s'être assuré que la rue ne contenait pas les ennemis sans pitié dont il avait la tête remplie.

Il attendit ainsi quelques minutes, en proie à une hésitation que sa perplexité rendait terrible.

Son regard allait de la lanterne à la borne, de la borne à la lanterne qui éclairait d'une vague lueur rougeâtre la porte protectrice, comme s'il avait voulu se convaincre que ces trois choses n'avaient pas fui.

Tout à coup, un duo charmant s'éleva de la brume et vint frapper les oreilles de Ganavas. Il n'en douta plus, cette fumée blanche était pleine de curieux acharnés à sa poursuite. Cette fois, Ganavas se croyant perdu sans retour, ouvrit brusquement la porte du commissariat et s'élança dans la salle en criant :

— Protégez-moi contre cette foule qui veut me mettre à mort !

Il était sept heures.

Les employés étaient devant leur table, et leur chef à son bureau. Ces quatre personnes, devant cette entrée inattendue, suivie de propos étranges, levèrent la tête et examinèrent Ganavas dont le visage était crispé d'épouvante.

— C'est un fou ! dit simplement le magistrat.

Puis s'adressant à Ganavas :

— Que voulez-vous ?

— Votre protection, répondit ce dernier, en tenant son oreille tendue vers la porte... Entendez-vous ce bruit ? De grâce, protégez-moi. Je suis perdu, et ce n'est pas moi qui l'ai tuée. C'est lui. Elle s'est empoisonnée pour un autre et cette foule, dont les clameurs m'épouvantent m'accuse. Je suis pourtant innocent...

Cette façon subjective de parler donna à penser au commissaire, qui reprit aussitôt :

— Quelle femme s'est empoisonnée.

— Marie, Marie Bonarel, qui demeure rue Mercière, numéro 38, répondit le fou avec une volubilité admirative. Une adorable personne, qui est morte sous mes yeux... oui, oui, morte sous mes yeux !

Les yeux de Ganavas roulaient dans leur orbite en disant cela, et il passait sa main dans ses cheveux qu'il arrachait.

— Savez-vous pourquoi elle est morte, ajouta-t-il en souriant d'un air ironiquement hébété, — pour son amant, un faussaire de la pire espèce, qui, à sa place, a fait mettre en prison le frère de sa maîtresse, Hector Bonarel !...

— Comment se nomme ce faussaire ? dit le magistrat de plus en plus intrigué.

— Vous ne le connaissez pas ? répondit Ganavas étonné, il s'appelle Ernest Verbois. Il demeure chez son oncle, à la Guillotière, sur le chemin de la Part-Dieu !...

Et Ganavas, dont la raison était perdue sans retour, se mit à confesser sa vie, puis à raconter celle d'Ernest.

Le commissaire écouta le fou avec l'attention que méritait un récit mêlé de fables et de vérité et coupé d'incohérences. A travers tous ces écarts, il sut trouver le fil du sens vrai.

La scène de mort avait pu rendre Ganavas fou. Or, s'il y avait mort, ce qui s'y rapportait devait être vrai.

Un agent fut immédiatement envoyé au nº 38 de la rue Mercière. Il revint et confirma les révélations de Ganavas.

Celui-ci, dont la folie semblait vouloir se venger de lui-même, pressé par de nouvelles questions, remit le vrai faux au commissaire.

Le misérable Ganavas avait trompé la crédule et malheureuse Marie comme il avait trompé Ernest. Il gardait ce billet parce qu'avec lui il espérait contraindre Ernest, après lui avoir enlevé Marie, à lui compter la moitié de la dot d'Isabelle.

IX

LA SIGNATURE DU CONTRAT

Il y avait nombreuse réunion chez M. Bonarel.

Les salons étaient encombrés.

Mais cette foule brillante, uniquement composée de parents et d'amis, était silencieuse. La tristesse douce et résignée de M. et de madame Bonarel avait été comprise.

Chacun savait que l'arrestation d'Hector et la disparition de Marie troublaient la tranquillité et la joie de cette paisible et riche demeure.

Les jeunes gens, en contemplant la belle fiancée, un peu mélancolique cependant, enviaient l'heureux et bel Ernest, sur le front duquel, hélas ! se lisait la joie. Il semblait éperdument épris d'Isabelle, qui l'épousait par obéissance.

La jeune fille n'aimait pas Ernest ; mais elle n'aimait personne.

La naïve Marie l'avait jugée : « elle n'aimait que son piano. »

Son éducation, il faut bien le dire, avait glacé son cœur. A force de lui répéter les mots « devoir, convenance, » de lui représenter le danger des passions, elle avait fini par prendre tout cela à la lettre. Alors le composé s'était substitué au vrai. Elle n'avait retiré, de cet envahissement, qu'un amour passionné pour la musique et une coquetterie étonnante, pour une jeune fille élevée comme elle. Mais ce dernier et léger défaut était sans danger, parce qu'il s'exerçait sous la sauvegarde de l'honnêteté.

— Ma fille bien-aimée, lui disait madame Bonarel, la tranquillité et le devoir sont tout dans la vie. J'ai l'espérance que tu comprendras ce que je te dis là. Tu seras une sage épouse et une bonne mère de famille. Prends exemple sur ta mère. Je puis bien sans fierté te parler comme je le fais. Ernest est délicat, aimant. Il a toutes les qualités qui le rapprochent de toi; épouse-le.

Isabelle avait écouté et entendu sa mère qu'elle idolâtrait. D'autre part, elle était touchée de la passion qu'elle croyait avoir allumée dans le cœur d'Ernest. Ces considérations avaient prévalu.

Isabelle, qui ne savait, ni ne voulait s'interroger, avait dit « oui. »

Le mariage était donc chose convenue.

On allait signer le contrat.

Isabelle portait, avec une grâce incomparable, une magnifique robe de cachemire blanc, ornée de nœuds roses.

Ernest, tout vêtu de noir, assis à côté de sa fiancée, sur un canapé qu'ils occupaient seuls, murmurait de douces paroles à l'oreille de celle qu'il considérait comme sa femme.

Le notaire allait commencer la lecture du contrat quand un domestique annonça M. Hector Bonarel!

Tous les yeux se tournèrent d'abord vers la porte, ensuite vers les deux fiancés.

Hector, en grand deuil, pâle comme un spectre, s'avança au milieu de cette foule brillante, et alla droit à son oncle qu'il aperçut entouré d'amis.

— Mon oncle, dit-il d'une voix lugubre et qui donna le frisson, vous êtes attendu dans votre cabinet.

Puis, cherchant du regard Ernest qu'il vit à côté d'Isabelle, il lui dit d'un ton hautain et impérieux:

— Vous aussi, monsieur, vous êtes attendu, sortez!

Ernest, baissa la tête et obéit.

Isabelle, les yeux pleins de larmes, alla se jeter dans les bras de sa mère.

Madame Bonarel se pencha à l'oreille de sa fille, et lui dit:

— Du courage ma fille, contiens-toi.

Les invités avaient pensé, comme Isabelle, qu'il se passait quelque chose d'étrange; mais ils gardèrent leurs impressions.

Auprès du perron stationnait une voiture avec un commissaire, porteur d'un mandat d'amener lancé contre Ernest, qui allait prendre la place d'Hector.

Le coupable, dont le rêve ambitieux venait de s'évanouir, honteux, humilié, fut presque heureux de prendre place à côté du commissaire pour échapper à la double présence d'Hector et de son oncle.

La voiture s'éloigna au grand trot, laissant M. Bonarel évanoui dans les bras d'Hector.

. . . .

Le lendemain un cercueil sortait de l'usine.

Tous les ouvriers le suivaient.

La plupart pleuraient.

Hector, soutenu par Pierre, conduisait le deuil.

Ce cercueil contenait les restes de Marie, victime de l'amour d'un lâche...

. . . .

ÉPILOGUE

Un an s'est écoulé.

Celui qui, à cette époque, aurait eu la curiosité de visiter la maison d'aliénés de Bicêtre, se fût inévitablement arrêté devant la cellule numéro 20 de la première section.

Cette cellule, disait la chronique, renfermait un millionnaire, qui était devenu fou, en cherchant à composer un nouveau parc-aux-cerfs à son usage, et qui était honni et détesté de ses compagnons.

L'examen médical était cette fois plus clair et plus explicite que la chronique.

« Fou, maniaque, halluciné, inoffensif, incurable et paralytique. » Telle était la note concernant le nº 20 de la première section : cet homme arrivé par la paralysie à la dernière période de la folie, n'avait que quelques jours à vivre. L'hallucination le tuait.

Il se tenait dans le coin de sa cellule, le visage tourné vers le mur.

Il murmurait continuellement:

— Je ne l'ai cependant pas empoisonnée, pourquoi toute cette foule veut-elle ma mort?... mais, ainsi caché, elle ne me découvrira pas.

Ce fou, c'était Ganavas.

La main de Dieu est parfois bien lourde, quand elle s'appesantit sur les méchants...

Ernest, l'ex-camarade de Ganavas, condamné pour vol et faux à six ans de travaux forcés, fut envoyé au bagne de Toulon.

L'affection de sa tante lui resta fidèle. M. Bonarel, un des principaux industriels de France, grâce surtout au génie de son associé — Hector, — venait d'être nommé député. Il était influent; car, sous Louis-Philippe, on comptait avec l'opposition. Madame Bonarel se jeta aux genoux de son mari pour le prier de s'occuper d'Ernest. L'industriel alla trouver le ministre de la justice qui lui répondit:

— Que votre protégé se conduise bien encore pendant un an, je le gracierai.

Le député donna avis à son neveu de la réponse du ministre. Mais Ernest ne voulait pas de la vie qu'on lui offrait; il s'empoisonna avec du vert-de-gris.

Dix-huit mois après ces tristes événements, Isabelle épousa Hector.

Personne de la famille Bonarel n'oublie la tombe de Marie, qui dort au cimetière de Loyasse, sous un lit de fleurs toujours fraiches, car elles sont renouvelées toutes les semaines.

FIN DES DEUX ROUTES.

TABLE DES MATIÈRES

PREMIÈRE PARTIE

DEUXIÈME PARTIE

Saint-Ouen (Seine). — Imprimerie JULES BOYER (Société générale d'imprimerie).

www.ingramcontent.com/pod-product-compliance
Ingram Content Group UK Ltd.
Pitfield, Milton Keynes, MK11 3LW, UK
UKHW020354220726
13923UKWH00004B/1629

9 782019 683351